미당 서정주 전집

20

번역

* 이 도서의 국립중앙도서관 출판예정도서목록(CIP)은 서지정보유통지원시스템 홈페이지(http://seoji.nl.go.kr)와 국가자료공동목록시스템(http://www.nl.go.kr/kolisnet)에서 이용하실 수 있습니다.
(CIP제어번호: CIP2017015043)

미당 서정주 전집

20

번역

만해 한용운 한시선
석전 박한영 한시선

은행나무

발간사

미당 서정주 선생의 탄신 100주년을 맞이하여 선생의 모든 저작을 한곳에 모아 전집을 발간한다. 이는 선생께서 서쪽 나라로 떠나신 후 지난 15년 동안 내내 벼르던 일이기도 하다. 선생의 전집을 발간하여 그분의 지고한 문학세계를 온전히 보존함은 우리 시대의 의무이자 보람이며, 나아가 세상의 경사라 하겠다.

미당 선생은 1915년 빼앗긴 나라의 백성으로 태어나셨다. 우울과 낙망의 시대를 방황과 반항으로 버티던 젊은 영혼은 운명적으로 시인이 되었다. 그리고 23살 때 쓴 「자화상」에서 "나를 키운 건 팔할이 바람이다"라고 외쳤고, 이어서 27살에 『화사집』이라는 첫 시집으로 문학적 상상력의 신대륙을 발견하여 한국문학의 역사를 바꾸었다. 그 후 선생의 시적 언어는 독수리의 날개를 달고 전통의 고원을 높게 날기도 했고, 호랑이의 발톱을 달고 세상의 파란만장과 삶의 아이러니를 움켜쥐기도 했고, 용의 여의주를 쥐고 온갖 고통과 시련을 지극한 아름다움으로 바꾸어 놓기도 했다. 선생께서는 60여 년 동안 천 편에 가까운 시를 쓰셨는데, 그 속에 담겨 있는 아름다움과 지혜는 우리 겨레의 자랑거리요, 보물이 아닐 수 없다. 선생은 겨레의 말을 가장 잘 구사한 시인이요, 겨레의 고운 마음을 가장 잘 표현한 시인이다. 우리가 선생의 시를 읽는 것은 겨레의 말과 마음을 아주 깊고 예민한 곳에서 만나는 일이 되며, 겨레의 소중한 문화재를 보존하는 일이 된다.

미당 선생께서 남기신 글은 시 아닌 것이라도 눈여겨볼 만하다. 선생의 문재文才와 문체文體는 유별나서 어떤 종류의 글이라도 범상치 않다. 평론이나 논문에는 남다른 통찰이 번뜩이고 소설이나 옛이야기에는 미당 특유의 해학과 여유 그리고 사유가 펼쳐진다. 특히 '문학적 자서전'과 같은 산문은 문체를 통해 전달되는 기미와 의미와 재미가 풍성하여 미당 문체의 진미를 맛볼 수 있다. 미당 문학 가운데에서 물론 미당 시가 으뜸이지만, 다른 글들도 소중하게 대접받아야 할 충분한 까닭이 있다. 『미당 서정주 전집』은 있는 글을 다 모은 것이기도 하지만 모두 소중해서 다 모은 것이기도 하다.

미당 선생 생전에 『서정주문학전집』이 일지사에서, 『미당 시전집』이 민음사에서 간행된 바 있다. 벌써 몇십 년 전의 일이다. 오늘의 관점에서 보면 그 책들은 수록 작품의 양이나 정본의 측면에서 아쉬움이 많다. 지난 몇 년 동안, 본 간행위원회에서는 온전한 전집을 만들기 위해서 많은 수고를 아끼지 않았다. 서고의 먼지 속에서 보낸 시간도 시간이지만 여러 판본을 두고 갑론을박한 시간도 만만치 않았다. 특히 미당 시의 정본을 확정하고자 미당 선생의 시작 노트나 육성까지 찾아서 참고하고 원로 문인들의 도움도 구하는 등 번다와 머뭇거림을 마다하지 않았다. 참으로 조심스러운 궁구를 다하였으니, 앞으로 미당 시를 인용할 때 이 전집에 의존하는 경우가 점점 많아지기를 바랄 뿐이다.

한편으로, 미당 전집의 출간은 두려운 일이다. 그것은 미당 선생의 모든 작품을 제대로 보여 준다는 형식적 의미를 지니기 때문이다. 세상에 어떤 전집이 있어 미당 선생의 모든 작품을 제대로 보여줄 수 있을 것인가? 우리에게도 그것은 현실이 못되고 희망이겠지만 그래도 우리는 그 희망에 최대한 가까이 가고자 했다. 우리가 그 희망에 얼마만큼 근접했는지는 앞으로의 세월이 증명해 줄 것이다. 다만 지금으로서는 지극한 정성과 불안한 겸손이 우리의 몫일 따름이다.

마지막으로 감히 말하건대, 우리는 미당의 전집 간행을 긍지와 사명감으로 하고자 했다. 우리는 미당을 통해서 이 세상에는 아주 특별한 것이 아주 드물게 존재함을 알게 되었다. 그리고 그 특별하고 드문 것을 우리 손으로 정리해서 한곳에 안정시키는 일에 관여하는 기쁨을 누렸다. 우리의 기쁨이 보람이 있어 세상의 기쁨이 된다면 그 기쁨은 곱이 될 것이다. 아니 그보다 미당의 문학이 이 세상에서 제 몫의 대접을 받게 된다면 우리는 사필귀정事必歸正이라는 네 글자를 진리로 받들면서 더 큰 기쁨을 누릴 것이다.

미당 선생 탄생 100주년이 되는 해의 유월에
미당 서정주 전집 간행위원회

이남호, 이경철, 윤재웅, 전옥란, 최현식

미당 서정주 전집 20 번역
만해 한용운 한시선·석전 박한영 한시선

차례

석전 박한영 한시선

영주 기행
瀛洲紀行

거듭 풍악에 놀던 기행
重游楓岳紀行

내장산의 네 절승
內藏山四勝

일러두기

『미당 서정주 전집 20』 '번역'은

1. 『만해 한용운 한시선역』(예지각, 1983)을 저본으로 하고, 『만해 한용운 한시선』(민음사, 1999), 『문학사상』(1973.1/1973.5)을 참고하였다.
2. 『석전 박한영 한시선』(동국역경원, 2006)을 저본으로 하고, 『석전시초』(동명사, 1940)를 참고하였다. 서문은 「석전 스님의 도애의 힘」(『샘터』, 1976.1)으로 대신하였다.

만해 한용운 한시선

역자 서문

여기 이 책에서 내가 번역한 만해 한용운 선생의 한시漢詩 74편은 수년 전에 잡지 『문학사상』에 연재했던 것을 다시 손보고, 또 새로 각 시편의 말미마다 주석註釋을 붙인 것이다. 이 주석은 그의 한시의 보급을 위해서는 꼭 필요하다고 생각되었기 때문이다.

이 책을 읽어 보는 이는 알겠지만, 그의 한시 문장의 맛은 그의 한글 시집 『님의 침묵』이 못 가진 것들도 상당히 많이 보완해서 가지고 있다. 그는 어려서부터 한시 짓기로 시를 시작한 분인지라 당연한 일로 생각이 된다.

나는 이번에 새로 이분의 한시들에 주석을 붙이면서 이분의 한시가 이조의 사가四佳나 자하紫霞의 수준을 잇는 격格과 풍미風味와 구성력構成力을 충분히 가지고 있다는 사실에 착안하게 되어서 참으로 흐뭇하였다. 아니, 그의 한시가 갖는 지조는 사가나 자하 같은 이조 한시의 최고봉으로서도 못 따를 데도 있는 것이다. 그가 우리나라의 전 한시사全漢詩史에 있어서도 가장 독창적이고 심오하고 유력한 고봉高峯 중의 하나였음을 새로 인식하게 된 것은 내게는 적지 않은 기쁨이 되었다. 신라의 고운孤雲의 한시와 공통되는 점을 그의 한시는 어느 만큼 가지고 있지만, 그 정미情味와 지조志操에 있어 우리는 만해 쪽이 더 간절함을 느끼기도 해야 할 것이다.

인연이 닿아서 이분의 한시를 내가 번역해 이 한 권의 책을 갖게 된 것은 물론 내게는 떳떳한 일이지만, 내가 이것들을 번역하고 있는 동안 늘 느낀 것은 그 떳떳하다는 명예감보다도 이 시 작품들이 가지고 있는 시의 매력들, 그것들에 대한 어쩔 수 없는 공감이었다. 그렇게 이분은 무엇보다 먼저 철저한 시인인 것이다.

내가 그랬던 것처럼, 독자들도 이 책에서 아직 모르던 지난 일들의 실감實感을 많이 만나게 되고, 또 거기서 배우는 게 적지 않을 것이다. 이조 말기의 한 의병으로서, 불교의 대강사大講師요 대선사大禪師였던 승려로서, 3·1운동의 거장으로서, 옥중의 죄수로서, 치위와 남루에 떨며 갈 곳도 제대로 못 가졌던 떠돌이로서, 그가 간절히는 겪었던 여러 실감들을 우리는 새로 만나 알고 배울 것이고, 또 그가 사귀고 지냈던 우리 전대前代의 큰 영혼들과도 만나게 될 것이다. 이분의 사적 영생史的永生을 거듭 여기 찬양하며, 또 내가 이 책에 관여한 것을 자축한다.

1982년 3월 15일

관악산 봉산산방에서

치운 설날 입을 옷이 없어

歲寒衣不到戱作

새해에 입을 옷도 없으니
이 몸 하나 너무나도 많은 것 같다.
사람은 이런 마음 잘 모를 거니
범아 너나 한번 가까이 와 봐라.

歲新無舊着　自覺一身多
少人知此意　范叔近如何

만해卍海 스님이 어느 절간에서 머물고 지낼 때 일인지는 모르겠으나, 새해의 설날이 되었는데도 갈아입을 옷이 오지를 않아 때 낀 헌 옷으로 새해를 맞이하게 되는, 이를테면 따분한 느낌을 표현한 작품이다. '이 몸 하나 너무나도 많은 것 같다'고 한 걸 보면 자기 몸 하나도 주체하기 어려운 따분한 느낌 아닌가.

'사람은 이런 마음 잘 모를 거니' 하신 건, 물론 이러한 외로움과 따분함을 이해해 줄 사람은 이 세상에는 하나도 없는 것 같다는 뜻으로 보아야 할 것이고, '범아 너나 한번 가까이 와 봐라' 하신 뜻은 '모든 게 다 귀찮으니 산골의 호랑이 너나 나타나서 먹고 싶거든 잡아먹어나 버려라' 하는 생각과 느낌을 나타낸 것으로 읽어야 할 것이다.

'범아'라고 내가 번역한 말의 원시어原詩語는 '범숙范叔'인데, 처음 나는 이 말이 무슨 고사성어가 아닌가 하여 여러모로 알아보았으나 보이지를 않아서 재고한 끝에, 그 '범范'이란 자를 음차音借의 이두식 기사記寫로 보고 그 아래 '숙叔' 자까지를 합해서 '범 아저씨'란 뜻으로 이해해 읽는 데 이르렀다. 이 시는 장난삼아서 쓴 것이란 뜻으로 '희작戱作'이란 말이 제목에도 붙어 있으니 이런 이두식인 기사도 용납하셨음 직하다. 그러고 이렇게 읽어 보니, 이 작품 전체의 간절한 느낌이 잘 통하는 것 같다. 나무대비관세음!

나그넷길

旅懷

온 한 해를 내 집에도 가지 못하고

봄 되어 나그넷길 떠나가자니,

꽃아 너 한번 잘 그뜩히는 피어 있구나!

산 밑으로 깊숙이 들어가 본다.

竟歲未歸家　逢春爲遠客

看花不可空　山下寄幽跡

이 시도 물론 절간에서 절간으로 돌며 중노릇을 하고 지내셨을 때의 작품으로 보아야겠다. 가족들이 사는 집에 가 보지 못한 채 해가 바뀌고, 새봄이 또 와서 또 딴 절간을 찾아 나그넷길에 오를 때의 느낌을 쓴 것이다.

'꽃아 너 한번 잘 그뜩히는 피어 있구나!' 하는 번역은 원시에서는 '간화불가공看花不可空'이라고 하고 계신 것으로, 직역하자면—'꽃은 봄에 비인 데가 있을 수 없어'가 돼야겠지만, 이분의 이 경우의 그 실감에 맞추어 의역한 것이다. 이의가 없을 것으로 안다.

'산 밑으로 깊숙이 들어가 본다'는 마지막 구절은 이 구절만 따로 떼서 단독으로 읽어서는 안 된다. 온 한 해 동안을 가족이 사는 집에 단 한 번도 가 보지 못하고 그리워하고만 지내다가 다시 딴 데로 나그넷길을 떠나야 하는 사람이 간절한 느낌으로 본 그 봄꽃—'꽃아 너 한번 잘 그뜩히는 피어 있구나!' 하고 감탄하며 본 그 꽃에 대한 느낌의 표현과 반드시 아울러 음미하면서 읽어야만 비로소 시의 감칠맛을 느끼게 되는 것이다.

그런 기막힌 느낌의 꽃을 간절히 간절히 느끼는 걸음걸이로 산속 깊이 들어가는 걸음걸이라야 이 걸음걸이에 시의 말씀 밖의 감칠맛도 깊숙이 깔리는 것 아닌가?

고향 생각

思鄕

강 나라 일천 리에
글 써 서른 해.
마음이사 길지만 머리는 짧은데
바람과 눈보라는 하늘가에 몰리네.

江國一千里　文章三十年
心長髮已短　風雪到天邊

이 시의 둘째 줄인 '글 써 서른 해文章三十年'의 시작을 열다섯 살 언저리부터로 잡는다면 이 시는 한용운 선생의 나이 마흔다섯 살 무렵에 쓰신 것이니, 3·1운동의 33인 중의 한 분으로 3년 감옥살이를 하고 나오신 지 몇 해 안 되었을 때의 작품일 것이고, 그 시작을 열 살쯤으로, 마을의 한문 서당 아이들이 대개 한시를 습작하기 비롯하는 열 살쯤으로 잡아 본다면 이 작품은 1919년 3월 1일의 33인 독립선언문 선포에서 과히 멀지 않은 전의 것으로 볼 수 있겠다. 하여간에 하늘가에 다닥뜨린 바람과 눈보라에 마조해 있는 걸 보면 많이 절박해 있던 그때의 마음은 짐작하고도 남는다.

자기의 모양을 말하여 '마음이사 길지만 머리는 짧은데'라고 표현하고 있는 것은 물론 그의 소원의 끝없음과 또 승려로서의 그 박박 깎은 머리를 말하는 것으로서, 여기 암시된 그 긴 것과 짧은 것의 대조에는 선생의 기지와 익살의 웃음도 엿보여서 재미있다.

서울에서 오세암으로 와서 박한영에게

自京歸五歲庵贈朴漢永

하늘 그뜩 밝은 달님—당신 어디 계시오?

온 세상 단풍으로 나 혼자 왔소.

달과 단풍 서로서로 잊어버리고

내 마음만 남았기에 데불고서 헤매오.

一天明月君何在　滿地丹楓我獨來

明月丹楓雖相忘　唯有我心共徘徊

이 시는 만해 스님이 강원도의 내설악에 있는 오세암에서 수도하고 계실 때의 작품이다.

이 시를 받을 분으로 되어 있는 박한영 스님은 시호詩號는 석전石顚, 아호雅號는 영호映湖, 승명僧名은 정호鼎鎬로, 1870년생이니 만해 스님보다는 아홉 살이 위인 분으로 만해가 그 학문과 덕행을 가장 존경해 모시던 분이다. 한일합병 다음 해인 1911년에 일본은 그들의 국교인 불교의 조동종과 한국 불교를 합병하려고까지 했으나 이 박한영 스님을 최고 대표로 한 우리 측 대표단 한용운, 진진응, 장금봉 등에게 제지되어 뜻을 이루지 못했다. 박한영 스님의 문하에서 한동안씩 배운 후학으로는 최남선, 이광수, 정인보, 신석정과 필자 등이 있으며, 일정 치하에서 이분은 최장기의 이 나라 불교의 최고 대표자(종정)였으며 또 중앙불교전문학교(현재의 동국대학교)의 교장을 겸임하셨다. 또 한쪽으로 동대문 밖 안암동에 조선불교중앙강원을 설립하여 많은 불교학자들을 이어서 양성해 내기도 하셨다.

만해 스님이 이 시에서 박한영 스님을 하늘의 밝은 달에 비기고, 자기는 단풍에 비겨 그 밝은 달 같은 불도佛道의 힘을 따르지 못함을 한탄하고 있음은 참으로 솔직하고 또 당연한 일이라 하겠다.

그러나 또 우리는 이 시를 읽으면서 우리 만해 한용운 스님이 망국민족의 단풍 같은 서러움을 자기의 철저한 서러움으로 하여 애통하시던 심경에도 깊은 공감을 안 가질 수는 없을 것이다.

영호 스님과 함께 유운 스님을 찾아갔다가 밤에 같이 오며

與映湖和尙訪乳雲和尙乘夜同歸

둘이 서로 보고 마음에 들어

밤 들어서 저절로 같이 갔었지.

내버려 둔 눈길에서 소곤거린 말

맑은 물이 마음을 비취는 것 같았지.

相見甚相愛　無端到夜來

等閑雪裡語　如水照靈台

이 시의 제목에 보이는 영호 스님은 물론 박한영 스님.

이 시에서 우리가 보는 한용운과 박한영 두 분의 깊은 교분의 조화는 아름다워 보인다. '두 사람이 서로 너무나 좋아한 나머지에 별 까닭도 없이 밤에 또 만나서는 눈 내린 길을 걸으며 소곤거리는데, 그 소곤거림은 맑은 호수나 시냇물이 마음속까지를 비취고 있는 것만 같았다' 한 이 시의 내용에서 '맑은 물이 마음을 비취는 것 같았지如水照靈台'라고 한 뜻의 속에는 은근히 우리 박한영 스님의 아호인 '영호映湖'의 뜻을 포함시키고 있는 것으로 보이기도 한다. 영호란 말의 의미는 물론 '호수의 맑고 잔잔한 물에 무엇이 아조 잘 어리어 비친다'는 뜻이니까. 말하자면 만해의 소곤거리고 있는 마음속까지가 박한영 스님의 밝은 이해력에는 아조 잘 비치고 있었다는 느낌을 표현하고 있는 것이지요.

산집의 새벽에

山家曉日

산창에 잠 깨이니 눈 내리기 시작하네.

수풀도 새벽 눈떠 함께 보니 더욱 좋군.

어부네 집 창들도 모다 새 그림이니

병들어 시 찾는 마음이야 그냥 신바람이군.

山窓睡起雪初下　況復千林欲曙時

漁家野戶皆圖畵　病裡尋詩情亦奇

이 시는 산촌이자 어촌이기도 한 시골 마을에서 이른 아침에 잠이 깨어, 마침 내리는 눈 속의 느낌을 표현하신 것이다.

이 시의 원문 2행의 '황복천림욕서시況復千林欲曙時'는 직역하자면 물론 '하물며 많은 숲이 새벽이려 할 때일쏜가?'쯤으로 돼야겠지만 그 앞줄인 '산창에 잠 깨이니 눈 내리기 시작하네'의 실감의 간절함을 도웁기 위해서 '수풀도 새벽 눈떠 함께 보니 더욱 좋군'으로 의역해 놓았다. 만해 스님의 영령英靈의 깊으신 양해 있으시기만을 바란다.

봄꿈

春夢

꿈은 낙화 같고, 낙화는 꿈 같으니

나비는 어찌하고 사람은 어찌하나?

나비의 꽃, 사람 꿈이 매한가지니

같이 가서 해더러 한 봄만 더 남기라자.

夢似落花花似夢　人何胡蝶蝶何人

蝶花人夢同心事　往訴東君留一春

이 시의 둘째 줄의 원문인 '인하호접접하인人何胡蝶蝶何人'은 장자莊子 내편內篇인 「소요유逍遙遊」에서 '장자가 지난날 꿈에 나비가 되니 훨훨 나는 게 분명한 나비였는데, 꿈에서 문득 깨어 보니 그건 장자라, 장자가 나비였는지 나비가 장자였는지, 아리숭키만 하도다' 하는 뜻의 표현을 하고 있는 것을 기억해 생각하시면서 쓰신 걸로 보아야 할 것이다. 첫 줄인 '꿈은 낙화 같고, 낙화는 꿈 같으니'를 위에다 붙여서 읽어 보면 '꿈에서건 생시에서건 낙화처럼만 사는 인생에서 장자의 꿈속의 나비는 어찌 되고 그 나비에서 깨어난 사람 노릇인들 또 어떻게 할 수나 있느냐?' 하는 뜻이 된다. 나비라는 것은 피어 있는 꽃을 찾으며 있는 것이지 낙화를 찾아 살고 있는 것은 아니니 말씀이다.

'동군東君'은 하늘의 해. '같이 가서 해더러 한 봄만 더 남기라자'는 물론 꽃이 피어 있는 대로의 그 봄을 한 번만 더 남기라고 해 보자는 뜻이니, 이분이 이 시를 쓰시던 때의 우리 겨레의 낙화만 같은, 제대로 피지도 못하고 떨어져 시드는 낙화 같은 인생살이들을 한탄하는 뜻이 들어 있다.

내원암의 늙은 모란이 내린 눈에 꽃 핀 걸 보고

內院庵有牧丹樹古枝受雪如花因唫

달 없는 밤 산빛만이 고이 내린 눈에 어려
겨울 모란 눈꽃송이 밤 향기를 마신다.
눈에 선한 가지 위의 차운 넋이여.
여기도 못 낀 내 시름만 만 리를 간다.

雪艶無月雜山光　枯樹寒花收夜香
分明枝上冷精魄　不入人愁萬里長

'내원암內院庵'이라는 이름의 절간은 이 나라 안에도 많이 있으니까, 어느 내원암이었는지는 알 수 없으나, 이 이름의 절에서 만해 스님이 눈 내려 쌓인 겨울밤을 지내시는데, 때마침 달도 없는 어두운 밤중에 뜰에 모란꽃 나목裸木이 내린 눈을 받아 눈꽃송이들을 달고 있는 것을 보고 시상을 일으켜 쓰신 것이 이 시이다.

달빛도 없는 밤에 하얗게 내린 눈빛만이 빛나는데 거기 밤의 산빛이 어려서 눈꽃송이의 빛을 이루었다는 색채 감각과, 또 그것은 밤의 아득한 향기를 거두어 머금고 있다는 후각이 함께 어울려서 빚은 그 복합 감각의 표현이 좋고 또 그 눈꽃의 넋에도 끼지도 못하는 만해, 그의 시름만 먼 만 리에 길게 뻗친다는 그의 겨울밤의 시름에도 그다운 데가 그득히 있다.

감옥에서

獄中唫

농산隴山의 앵무새는 말 잘하지만
내 재만큼 못하는 걸 부끄러워하지.
웅변은 은이지만 침묵은 금
이 금이라야 자유의 꽃 모조리 사네.

隴山鸚鵡能言語　愧我不及彼鳥多
雄辯銀兮沈默金　此金買盡自由花

농산隴山은 중국의 옛 지명.

이 시의 첫 줄의 원문인 '농산앵무능언어隴山鸚鵡能言語'는 당나라의 시인 잠참岑參의 시구를 그대로 빌려 쓴 것이다. 물론 시에서는 옛사람의 구절을 필요에 따라 그대로 인용하는 일이 동서양 어디서나 다 가능한 것이다. 더구나 '농산의 앵무새는 말 잘하지만'이라는 말은 만해 선생의 어린 때에는 우리가 요새도 많이 쓰는 '이태백이 놀던 달'마냥으로 우리나라에서도 많이 쓰여졌던 말이니까, 관용구로서 그대로 인용해 옮겨 놓았대서 별일도 아닌 것이다.

원제목은 '감옥 속에서 읊조리다獄中唫'라 한 것을 '감옥에서'라고만 번역해 놓았는데, 이 '감옥'이란 일정 치하 때의 사용어의 하나로서 요즘의 우리나라 말씀으로는 '교도소', 그것에 해당되는 것이다. 죄인들이 형을 받고 사는 곳.

이 시는 한용운 선생이 1919년 3월 1일의 기미독립선언의 대표중의 한 분으로 잡혀 형을 받고 지낼 때의 작품으로, 말 잘하는 앵무새와는 달리 영 침묵으로만 일관하고 지내던 소감을 쓰신 것인데, 비밀을 지키기 위해서는 아마 그래야만 했을 것이다. 앵무새같이 경솔하게 조잘조잘 지껄여 대던 동포들도 틀림없이 그의 이 침묵에는 부끄러워하고 또 존경하게도 되었겠지. 웅변도 이런 경우엔 은값이 되는 것도 그에게서 잘 배우게 되었겠지.

다듬이질 소리

砧聲

누구네 집에서 두드리는 다듬이질 소리냐?
감옥 속을 가득히 오싹게 한다.
하늘은 뜨시다고 누가 말했나?
뼛속까지 오싹히 스미는 것을……

何處砧聲至　滿獄自生寒
莫道天衣煖　孰如徹骨寒

이 시 역시 3·1운동으로 옥살이하실 때 쓰신 것이다.

감옥 속에서 옥살이하는 사람에게는 인가에서 들려오는 다듬이질 소리가 뼈에 사무치게 오싹한 것이 된다는 느낌을 표현하고 있는데, 물론 이것은 어느 복역자에게나 다 그런 것은 아닐 것이고 만해처럼 집에 남긴 처자의 일에 마음을 많이 쓰는 사람들에게나 공통되는 느낌일 것이다.

눈 오는 밤 감옥에서

雪夜

감옥 둘렌 산뿐인데 바다같이 눈이 온다.

무쇠 같은 이불 속에 재 되어서 꿈꾼다.

철창살도 아직은 다 못 채 놓아서

그 어디서 밤 종소린 들려오나니.

四山圍獄雪如海　衾寒如鐵夢如灰

鐵窓猶有鎖不得　夜聞鍾聲何處來

이것도 역시 감옥 속에서 지은 것으로 눈 내리는 밤에 어디선가 들려오는 종소리를 들은 느낌을 쓰신 것이다.

사면을 산이 첩첩이 둘러싸고 있는 감옥에 겨울 눈이 그득히 그득히 바다같이 내리는데 방은 너무나 치워서 덮은 이불은 쇠같이 써늘하고, 꾸는 꿈도 식어 빠진 재만 같다. 그러나 그 여러 겹의 철창으로 잠그고 닫고 자물쇠를 채워 놓았어도, 사람의 세상의 종소리는 어느 틈으로 스며 오는지 울리어 와서 그를 감동하게 한다는 것이다. '너희들의 철창으로도 종소리가 울려오는 자유까지는 아조 막지는 못하는구나?' 하는 감동인 것이다.

가을이 되어서

秋懷

십 년 나랏일에 칼도 다 닳고

이 한 몸 감옥 속에 겨우 살아남았구나.

이겼다는 기별은 왜 안 오고 벌레만 저리 우는가?

또 한 번 이는 가을바람에 새로 돋는 흰 머리칼……

十年報國劍全空　只許一身在獄中

捷使不來虫語急　數莖白髮又秋風

이것도 감옥살이 때의 시 작품.

이 시의 마지막 줄에서 보면 가을바람에 벌써 흰 머리털이 보이는 걸 한탄하고 계시는데, 아닌 게 아니라 너무나 일찍 난 흰 머리털임엔 틀림없다. 그는 1879년생이니까, 3·1운동으로 3년 복역을 하고 풀려났을 때 나이도 불과 43세밖엔 안 됐었는데, 그보다 전에 벌써 흰머리가 났으니 말씀이다.

옆에서 이걸 본 사람들도 아마 보통 사람의 조백早白을 보는 것과는 딴 느낌으로 보았을 듯하다.

등불 그림자를 보며

咏燈影

싸늘한 밤 창에 불빛 물처럼 흘러
거기 어린 불그림자 누워서 본다.
불빛도 불그림자도 못 미치는 곳,
선승인 것 또다시 부끄럽구나.

夜冷窓如水　臥看第二燈
雙光不到處　依舊愧禪僧

감옥 속 겨울의 어느 치운 밤중에 한용운 선생은 창에서 비춰 내리는 불빛이 방바닥에 비쳐 깔리는 것을 마치 제2의 등처럼 느끼어 보며 누워서 계신다. 그러면서 자기가 선승인 것을 또다시 부끄럽게 여긴다고 하셨는데 이 부끄러움이란 무엇인가? 이것을 이 시에서는 아조 조용히 생각해 보아야 한다.

'불빛도 불그림자도 못 미치는 곳'—그곳에서 갖는 선승으로서의 부끄러움이란 어떤 것일까? 여기에서 우리는 시집 『님의 침묵』 속에 있는 「알 수 없어요」라는 제목의 시의 마지막 줄을 다시 기억해 볼 필요가 있다. '그칠 줄을 모르고 타는 나의 가슴은 누구의 밤을 지키는 약한 등불입니까?' 하신 바로 그 자문自問인 것이다.

그는 한 선승으로서의 정신 생명을 천지의 영원을 비추는 책임의 등불로서 즉 그런 주인 노릇으로서 깨달아서 살고는 있었지만 「알 수 없어요」의 마지막 줄에서 보인 것처럼 그것이 약한 것임을 가끔은 부끄럽게 여기고 지내 왔던 듯한데, '등불 그림자를 보며'라는 시상을 가지고 감옥 속 겨울밤에 누워 있을 때에도 또 그 '약함'을 되풀이해 부끄러워하신 것으로 보인다.

'눈부시게 빛이라야 할 의젓한 주인이 이게 무슨 꼴이냐? 역사를 오죽 짜잖게 경영했으면 이 치사한 운명을 다 자청해서 당한단 말이냐?'

이런 통한의 부끄러움을 모조의 빛인 등불과 그 그림자를 이중으로 옆에 보며 간절히 느끼고 계셨던 걸로 보인다. 어느 만큼의 비유로 비유해 말하자면 붙잡혀 우리 안에 갇힌 사자의 부끄럼 같은 부끄럼으로서 말이다.

그러고 이 부끄러움은 물론 민족사 그것을 두고서인 것으로 보인다. 이 한탄은 시인 황매천이 한일합병 때 자살할 즈음 남긴 시에 '사람으로 선비이기 참으로 어렵구나!' 하셨던 구절과도 일맥상통한다고나 할까.

감옥 속에서 헤어지면서

贈別

이 하늘 밑 만나기도 쉽지 않은데
감옥 속에서 하는 이별 별나고말고.
옛 맹세는 아직도 안 식었으니
국화 피건 또 한 번 만나나 보세.

天下逢未易　獄中別亦奇
舊盟猶未冷　莫負黃花期

이 시는 감옥에서 같이 복역하던 친구와 이별할 때 다시 만날 것을 약속하고 있는 뜻을 담은 작품이다.

감옥 속에서 매우 고되게 살다가 헤어질 때의 약속이니 다시 만날 때를 그 인고 끝의 꽃 국화철로 잡은 것은 아조 어울리는 때의 선택으로 보인다.

다만 이것이 만해가 출옥할 때의 것인지 아니면 어느 옥우獄友가 풀려나갈 때의 느낌과 약속을 담은 것인지 그것만은 이 글에는 확실히 드러나 있지 않다. 그 두 경우에 이 시는 다 들어맞는 것이니, 그리 아시고 읽으면 될 것이다.

황매천

黃梅泉

의로웁게 조용히 조국에 몸을 바쳐

노하신 것 영원에 새 꽃 피셨소.

저승의 끝없는 한을 말리지 맙시다.

사람 노릇 하셨던 것만 크게 위로합시다.

就義從容永報國　一瞑萬古劫花新

莫留不盡泉坮恨　大慰苦忠自有人

황매천—그의 본명은 현玹. 1855년생으로 1910년 한일합병 때에 자살하여 순국한 시인이고, 열사烈士 만해는 그보다 24세가 연장인 매천梅泉의, 시인으로서 선비로서의 순국殉國을 매우 높이 여겼던 것이 이 시에 잘 보인다.

이 시의 원문 3행의 여섯 번째 글자인 '대坮'는 '대臺'와 같은 글자이니 '천대泉坮'라면 매천의 무덤이라고 직역되지만, 그냥 저승이라고 의역했다.

'노하신 것'이란 뜻은 물론 매천이 한일합병에 크게 노하여 스스로 목숨을 끊으신 걸 말하는 것인데, 만해는 영원 속에 불멸할 아름다운 꽃이 새로 피어난 것으로 이해하고 느끼어서 매천의 정신 생명의 사적史的인 영생의 가치를 단호히 나서서 증언하고 계신 것이다.

아 참, 좀 앞에서 말했어야 할 주註 하나가 더 남았는데, 그것은 이 시 원문의 2행에 보이는 '겁화劫花'라는 것이다. 불교에서 일 겁一劫이라고 하는 시간의 길이는 요새 우리가 쓰는 시간으로 치면 4억 3천 2백만 년이나 되는 동안이니, 만고 겁萬古劫이라면 이 일 겁을 무한히 합친 과거의 영원을 뜻하는 것인데, 그 만고 겁에서 새로 핀 꽃이라면 그것은 참으로 대단한 목숨의 꽃일밖에 없다.

산속의 낮에

山晝

고슴도치 모이듯이 산봉우리들은 창에 드나니,

눈보라도 으스스히 지난해 그대로,

한낮에도 숨 죽은 듯 마을은 쌀랑해서

매화 지니 영원도 아조 다 비는구나.

群峰蝟集到窓中　風雪凄然去歲同

人境寥寥晝氣冷　梅花落處三生空

이 시는 아마도 만해 스님이 출옥한 후 실의의 때에 매화 진 바로 뒤의 늦눈보라를 겪으면서 쓰신 것인 듯하다. 3·1운동이 끝나고 많은 희생자들을 내고 난 뒤의 마음은 아마 이랬을 것이다. 그렇다고 무슨 새 희망이 가까이 보이는 것도 아니었던 때여서……

이 시 원문의 첫 행에 보이는 '위집蝟集'이란 말은 직역하면 물론 '고슴도치 털 모이듯 많이 모였다'는 걸 형용하는 말이지만, 나는 의역하여 '고슴도치 모이듯이'로 해 두었다. '고슴도치 털 모이듯이'라고 하면 그 수효가 너무나 빽빽이 많기 때문에 산봉우리가 많이 모인 것의 형용으로는 지나친 것으로 느꼈기 때문이다.

그런데 이 산봉우리들이 모인 걸 고슴도치의 것에다가 비유한 것은 한 맛이 대단히 있다. 산봉우리라는 것을 숭엄하고 높은 걸로 느껴 온 것이 우리의 역사적 관례인데, 만해는 이 관례를 고스란히 깨버렸으니 말씀이다. 물론 이것은 그의 불교의 정신인精神人으로서의 우주의 주인공 의식에서 어느 날 이 산봉우리들을 불쌍하고 따분히 느낀 데서 오는 것이다.

'매화 지니 영원도 아조 다 비는구나' 하는 표현에서는 우리는 김영랑의 '모란이 지고 말면 그뿐 내 한 해는 다 가고 말아' 한 구절을 연상하기도 한다. 그러나 만해의 경우는 그 매화의 낙화가 영원도 비게 느끼게 하는 것이었으니 딴은 대단한 매화다. 하지만 만해의 이 매화가 어디 다만 육신의 매화였을 뿐이었겠는가? 이것은 그가 자각한 불교의 진리의 상징체로서의 뜻을 가졌던 것으로 보인다.

병들어 시름하며

病愁

푸른 산속 오막살이
사람 가고, 병만 늘고.
시름 많아 끝없는 날
가을꽃만 피어난다.

青山一白屋　人少病何多
浩愁不可極　白日生秋花

이 시도 출옥 후 병고 속에서 시름하고 지내셨을 때의 작품으로 보인다.

한강

漢江

한강 물 보러 오니 강물은 끝이 없어
말문 깊이 막히면서 가을빛만 보나니,
들국화는 어디에 숨어서 피었는지
하늬바람이 눈 어리어 그 향기만 전하데.

行到漢江江水長　深深無語見秋光
野菊不知何處在　西風時有暗傳香

한강가에 나와서 그 끝없이 흐르는 유구함을 보고, 때마침 가을에 망국의 기막힌 느낌을 또 한 번 느끼고 있는 시이다.

그래도 서쪽에서 부는 바람이 비밀인 듯 슬그머니 풍겨 주는, 모양도 안 보이는 들국화 향기를 맡으면서 숨어 사는 민족의 한결같이 청순한 모습을 은근히 암시해 보이고 있다. 늘 이 믿음이 있어 그의 애국의 힘의 바탕이 되었던 듯하다.

혼자 비 내리는 날에

雨中獨唫

일본 바다 나라 비바람 흔해
오월에도 우리 느낌 으스스하이.
내 마음 어디에다 놓아둘 건고,
말을 잊고 푸른 산만 바라다보네.

海國多風雨　高堂五月寒
有心萬里客　無語對青巒

일본에 한동안 머물고 있던 때(1908년에 반년쯤 머무르고 있던 때인가?)의 불안한 느낌을 '오월에도 으스스하다'는 표현으로 나타내고 있다. '말을 잊고 푸른 산만 바라다보네' 하는 이 시의 마지막 줄에도 기막힌 느낌은 담기어 있다.

치운 적막 1

寒寂 (一)

치위 참기 어려워 창문 닫으니
산 모양 물소리 다 줄어들어라.
눈바람에 묻힌 집 인기척 없고,
참선은 봄 술이 매화 헐듯하여라.

不善耐寒日閉戶　觀山聽水未能多
雪風埋屋人相寂　禪如春酒散梅花

방바닥이 가난하여 너무나 치운 방에서 참선을 하자니 햇빛이 있는 날은 차라리 그 햇빛 덕을 보려고 창문을 열어 놓기도 했었던 모양인데, 이 시를 보면 눈바람이 몰아쳐 오는 바람에 공짜인 햇빛도 숨어 버려서, 할 수 없이 열었던 창문도 다시 닫아 버려야 했던 모양이다. 창을 닫으니 산도 안 보이고 물소리 들리던 것도 줄어들고 하여서 영 사람 사는 꼴이 아닌데, 그러자니 참선하고 있는 것도 제대로는 안 되고 마치 봄 술에 얼얼히 취한 사람이 괜스레 매화나무나 흔들어 그 아까운 꽃잎을 떨어지게 하고 있듯이 치위에 얼얼하여서 형편없는 마음의 곤두박질만 치고 있다는 것이다.

이상李箱의 「화로」라는 시를 보면 치위에 독서가 힘이 드는 것을 표현하고 있거니와 만해의 이 시는 이상의 그것과 더불어 우리 시에서 극한極寒 표현의 극치가 될 것 같다.

치운 적막 2
寒寂 (二)

닫고 사는 나날의 뼈 시린 치위에
철벽 되어 앉았다간 은산銀山도 된다.
기러기라도 닮을 걸 그랬군그래,
참선도 공상간空相看을 깨지 못한다.

閉居日日覺深寒　坐中鐵壁復銀山
却恥吾身不似雁　禪心未破空相看

이것도 가난한 겨울 선방禪房의 지독한 치위의 그 쓸쓸함을 표현한 둘째 번 시인데, 만해 스님 같은 센 의지를 가진 분이 자기를 철벽같이 느꼈다가 또다시 하얀 은으로 된 산같이 되어 버렸다고 하신 걸 보면 그것 참 대단한 치위 속이었을 것이다.

'기러기라도 닮을 걸 그랬군그래.'
하시는 데 와서는 역자譯者도 웃음이 나오긴 나오지만, 이건 확실히 이상의 「화로」라는 시의 치위보다도 한결 더 간절한 것이 있다.

공상간空相看이란 불교의 참선 수행에서 '온갖 일이 모두 공한 것을 마음으로 보아 깨닫는 것'을 뜻하는 것인데, 너무나 치위 놓으니 이걸 깨달아서 돌파해 나오기도 어렵다는 것이지요. 치위에 흔들려서 말씀입니다.

한가함
閑唫

깊은 곳 따로 사니
고요 속엔 집도 없어
꽃 질 때는 나도 한개 꿈이고
옛 종소리만 한낮에 엣비슥히 들린다.

深深別有地 寂寂若無家
花落人如夢 古鍾白日斜

자기가 누구고 어느 집 사람인 것도 다 아랑곳없는 큰 고요의 한가함 속에 들어가 있는 내용이다. 꿈 같으셨겠지. 여기에 예부터 울려오는 종소리 한 가지만 이 마음에 젖어 들어서 예고 지금이고도 헤아릴 것 없는 시간의 영원의 간절함만이 뼈에 닿게 느껴지는 것이다. 그런 막다른 한가함을 이 시는 내용으로 담고 있다.

매화 지는 걸 보며

觀落梅有感

하늘땅 맛 도맡아서 길이 한번 살자고
매화는 여전히 절간에도 피어서,
'영원도 그런 거냐?' 물으려 하니
내 읽던 유마경 위에 반나마 낙화하네.

宇宙百年大活計 寒梅依舊滿禪家
回頭欲問三生事 一秩維摩半落花

시간과 공간의 영원과 무한 속에서 사는 바른 목숨의 모양을 매화에서 상징적으로 보려는 만해 스님의 생각을 이 시도 표현하고 있다. 그러나 이 시의 특징은 그것이 피었다가는 또 지는 그 생멸의 되풀이를 통해 이어져 가고 있는 실태의 긍정에 있는 것이다.

『유마경維摩經』은 석가모니 부처님이 육신으로 이 세상에 계시던 때에 이분에게 배우던 재가 제자 즉 거사居士 중의 하나인 유마 거사가 지은 책으로, 목숨이 시간의 영원과 공간의 무한의 요핵이요, 주인으로서 있어야 하는 까닭을 중점적으로 잘 말하고 있는 이쁜 표현의 경이다. 만해 스님은 이 『유마경』을 많이 좋아하셨다.

혼자서

獨唫

산은 칩고 하늘도 아주 지치니

아스라해 누구신지 잘 모르겠소.

뜻밖에 들리는 묘한 새소리,

그래서 마른 선禪도 아주 비진 않소만……

山寒天亦盡 渺渺與誰同

乍有奇鳴鳥 枯禪全未空

이 시의 첫 줄에서 '산은 칩고 하늘도 아주 지치니' 하신 속의 그 하늘은 부처님을 뜻하는 것이 아니라는 것을 불교를 모르는 독자들께서는 알아 두셔야겠다. 불교를 아는 이들의 생각과 느낌으로는 하늘도 그 정신적 계급의 여러 차이를 따라 아래서부터 위로 많이 많이 시루떡 두름같이 포개어져 있는 것이어서 그 맨 아래치를 제석천帝釋天이라 하는 것이니, 만해가 이 시에서 보고 계신 그 지친 하늘은 이걸로 보아야겠다.

그러나 이 시의 셋째 줄에 나오는 그 묘한 새소리는 제석천에만 소속된 걸로 보아서는 안 된다. 석가모니 부처님께서도 여러 불경에서 '묘한 새의 소리는 부처님의 소리다'라고 표현해 놓으셨으니, 이 시 속의 새소리도 그런 기별의 소리로 이해하며 읽는 것이 옳다. 그래야만 거기 맞춰서 '마른 선禪도 아주 비진 않소만……' 하는 뜻이 제대로 바로 서게 되지요.

새로 밝은 날에

新晴

꿈 깨니 새소리만 쌀랑히,

꽃 기척은 선禪에 들어 없이 되다.

선과 꿈이 또 서로 잊어버리어

창 앞에 뚜렷한 한 그루 벽오동나무.

禽聲隔夢冷　花氣入禪無

禪夢復相忘　窓前一碧梧

이 시야말로 만해의 선禪의 특질을 말하는 선시禪詩의 하나다.

꿈속에서 꽃을 꿈꾸고 있었는데, 꿈에서 깨어 들으니 새소리만 쌀랑하게 들릴 뿐이고, 꽃은 또 자기대로 열심히 자기의 통일에 몰입한 선禪으로만 피어서 상대할 겉로는 있음이 없는지라. 내가 꾼 꽃 꿈과 선에 든 꽃이 또 서로 잊어버리고 나니, 만해 자기는 한 그루 푸르고 싱싱한 지조의 벽오동처럼 새로 살게 되었다는 것으로 몽환의 급급함마자 떠날 때 생명은 바르게 된다는 뜻으로 읽어야 할 것이다.

이 시 속의 꽃이라는 것은 물론 이쁜 색시로 보고 읽어도 될 것이다.

선달 대목 찬비 내려

暮歲寒雨有感

찬비는 하늘 끝에 뿌리어

턱에 수염도 희어만 가나니

시름은 솟고, 뼈마디는 오그라져

온몸에 남느니 술 생각뿐이다.

날씨 치워 술도 차마 못 오는 날은

그냥 와서 이소경離騷經 읽고 읽고 읽나니,

옆엣사람 눈치도 여간 아니어

나보고 중노릇 잘 못한다 탓한다.

눈 보내어 세상을 보고 있자니

또 바다에 땅덩이가 몽땅 덮인다.

寒雨過天末　鬢邊暮歲生

愁高百骸低　全身但酒情

歲寒酒不到　歸讀離騷經

傍人亦何怪　罪我違淨行

縱目觀下界　盡地又滄溟

이것이 어느 절에 계실 때의 작품인지는 모르겠으나, 만해께서 그 곡차穀茶—술이란 것이 되게는 마시고 싶은 날이었던 것 같다. 음력으로 선달그믐께의 무척이나 강치위가 몰아닥치는 날은 심부름하는 아이를 멀리 산골길로 내려보내서 술을 사 오게 하기도 어려워서 그 화풀이로 옛날 중국 초나라의 투신자살한 시인 굴원屈原의 그 한 많은 『이소』를 아마도 소리 높여 읽어 댔는데, 그러면 그 옆에서 듣고 있던 중들은 '이것, 만해가 중노릇을 영 잘 못한다'고 눈총도 쏜 모양이다. 그러면 시무룩하여 세상만사의 하잘것없음을 또 골몰해 생각해 보는데 그때엔 온 세상을 바다가 모다 덮고 밀려오는 것만 같다. 그 바다라는 표현도 우리는 할 수 없이 술을 못 자시어 목이 너무나 마른 나머지의 표현으로 볼밖에 없다.

구레나룻도 벌써 희끔희끔 센, 이 너무나 여윈 민족 독립투사인 노스님에게, 아무리 치운 날이기로서니 그 곡차 좀 받아다가 대접해 드릴 일이지, 젊은 스님들도 거 너무나 했었다는 생각이 든다.

즉흥시 1
卽事 (一)

암자에 어리는 이 어인 적막
나를 웅크려 난간에 앉게 하다.
가랑잎 소리도 궂어 빠지고,
굶주린 새 그림자도 치워라.
구름은 돌아가며 고목에 걸리고
빈산에 지는 해 반만 남은 제,
산봉마다 쌓인 눈 홀로 보고 있나니
그 얌전한 빛에 비로소 천지는 돌아오다.

一庵何寂寞 塊坐依欄干
枯葉作聲惡 飢鳥爲影寒
歸雲斷古木 落日半空山
獨對千峯雪 淑光天地還

쓸쓸하고 칩기만 한 겨울의 어느 작은 절(암자)에서, 가랑잎이 바람에 굴러다니는 하염없는 소리도 듣기 싫고, 굶주려 움츠리고 있는 새 그림자도 딱하게만 보일 때, 그래도 고목에 걸린 구름 너머 지는 해가 산봉우리에 반쯤 남았을 때에 그 산봉우리에 초연히 쌓여 있는 눈빛을 보고 있노라면 그래도 그 참을성 있는 얌전한 빛 덕택으로 천지의 본정신은 제대로 돌아오는 것같이 느끼어진다는 뜻을 담고 있는 시이다. 즉 '자연은 늘 잘 참고 견디는 얌전한 것을 통해서만 그 본색의 빛을 내고 있다'는 만해의 자연에 대한 한 이해를 나타내 보이고 있다.

즉흥시 2

卽事 (二)

북풍에 기러기도 자취를 감춘
낮에는 나그네 시름도 식어
치운 눈으로 하늘땅 둘러보느니
언제나 한가한 건 구름뿐이다.

北風雁影絶　白日客愁寒
冷眼觀天地　一雲萬古閒

이 시에서는 치운 날에도 한가히 날아다니는 구름에서 무얼 배우려 하고 있다. 너무나 치워서 기러기도 감히 하늘에 뜨지 못하는 치운 날인데도 언제나 유유히 한가한 듯이 날아다니는 구름 너 하나가 그래도 믿음직하다는 느낌을 보이고 있다.

이 시에서도 앞의 「즉흥시」에서와 마찬가지로 '자연 속에서는 언제나 잘 참고 견디며 태연한 것만이 그 본색의 빛이다'라는 생각을 나타내고 있다.

구암사 첫가을에

龜岩寺初秋

옛 절에 가을 드니 사람은 절로 비고
박꽃만이 높지막이 밝은 달에 피었다.
서리 앞둔 남산골 단풍들 말씀—
'아직은 서너 가지 붉는 몇 이팔.'

古寺秋來人自空 匏花高發月明中
霜前南峽楓林語 纔見三枝數葉紅

만해 스님이 찾아가서 한동안씩 머무른 것으로 보이는 구암사라는 절은 전라북도 순창군 복흥면 봉덕리 영구산에 있는 절이니, 이 절에서는 그의 존경하던 선배인 박한영 스님이 오래 머무르고 지냈었다.

중들도 두루 일 보러 나가고 텡 비인 절간에 지붕의 박꽃만이 주인처럼 홀로 남아서 피어 달밤에 집을 지키고 있는 것이 눈에 보이는 듯 선하게 또 간결하게 잘 나타나 있다. 암 그럴 만한 일이지요.

거기다가 금방 나릴 듯 나릴 듯한 서리의 때를 앞두고 단풍 수풀이 소곤거리고 있는 귓속말도 인상적이다.

구암폭포에서

龜岩瀑

추산秋山 폭포 성낸 소리 들린다.

허튼 사람들 남은 봄이 부끄럽겠다.

밤낮으로 어디로들 가려는 건가,

머리 돌려 옛 어른들 생각해 봐라.

秋山瀑布急 浮世愧殘春

日夜欲何往 回看千古人

이 시의 첫 줄의 '추산秋山'의 뜻을, 고유명사로 읽지 않고 문자 그대로 가을 산의 뜻으로 보아 읽는다면 그다음 줄의 '남은 봄'과 때가 맞지 않지만, 이 '추산'의 뜻을 민족 박해에 가을처럼 단풍 들면서 때로는 폭포처럼 성내기도 해야 하는 만해 같은 이의 형편에 은근히 비유한 것으로 보고, '남은 봄'이라는 것도 언제 끝날는지 모르는 뜬세상의 한때의 부귀영달의 은유로 읽는다면 모순이 없을 것이다.

내 마음은 허술한 집

述懷

마음이 사립도 안 단 허술한 집 같으니,

은근한 맛으로 살아 본 일 한 번도 없다.

오늘 저녁 천 리에는 꿈 하나 없고,

밝은 달에 가을 잎만 우수수수 지누나.

心如疎屋不關扉　萬事曾無入妙微

千里今宵無一夢　月明秋樹夜紛飛

이 시의 원제는 '술회述懷'니, '마음속에 품은 것을 말해 본다'는 뜻이지만, 시의 내용에 맞추어서 제목의 번역을 달리해 보았다.

원시의 2행에 보이는 '묘미妙微'라는 말은 불교나 선교仙敎에서는 도道의 깊고 정밀함을 뜻하는 말이기도 하지만 여기서는 그런 뜻으로 읽어서는 안 되고, 다만 '생활의 잔재미' 같은 뜻으로 보아야만 할 것이다.

느낌

懷唫

이 고장은 기러기 소리도 거의 없으니
그만한 고향 소식마저 밤에도 잘 안 들려라.
빈 수풀엔 달빛 저 혼자고,
일본군의 호각 소리만 찬바람에 날려라.
찬 버들아 봄 술 생각 간절하거늘
누구네 집 남은 다듬이소리 내 헌 옷 울리는고.
계절빛은 마름[萍] 물에 떠가고
사람들은 반쯤 산안개가 되나니……

此地雁群少　鄕音夜夜稀
空林月影寂　寒戍角聲飛
寒柳思春酒　殘砧悲舊衣
歲色落萍水　浮生半翠微

이 시의 원제 '회음懷唫(吟)'도 물론 '마음에 품은 걸 읊는다'는 뜻이다.

우리나라에서는 예부터 늦가을 기러기 소리에선 고향 소식을 듣는다는 습관이 겨레들 속에 널리 퍼져 있었으니까, 만해도 거기 따라서 이 시의 첫째와 둘째 줄에서는 '기러기 소리도 잘 안 나는 곳에 살자니, 그만큼 한 고향 소식도 잘 안 들린다'는 느낌을 나타내고 있다.

이 시 원문의 마지막 행에 보이는 '취미翠微'란 말은 '산기운이 빚어내는 모락모락한 것'이란 뜻인데, 그것이 우리말의 명사 속에서는 잘 안 찾아져서 우선 편의상 '안개'란 말로 번역해 두었다.

이 시 속에서도 그 술 생각과 헌 옷은 여전히 나타나서 만해의 모습을 방불케 하고 있다.

즉흥시
即事

모진 북풍 부는 날
강성江城 앞에 호올로 섰다.
쓸쓸한 마을 연기 나무 따라 오르고
저녁은 허깨비같이 뜰에 내려 눕는다.
천 리에 산 모습 방울져 내리며
어디선가 눈이 내리려는 기척……
시詩 하는 마음이 이 땅갓에 생기어
큰기러기 짝하여 하늘 지낸다.

朔風吹白日　獨立對江城
孤煙接樹直　輕夕落庭橫
千里山容滴　一方雪意生
詩思動邊塞　侶鴻過太清

이 시도 만해 스님의 많은 서경시敍景詩 중의 하나. 만해는 자연현상을 조용히 살피는 중에서 시를 찾아 쓰는 일이 많았다.

다섯째 줄에서 '천 리에 산 모습 방울져 내리며' 한 것은, 물론 사실 그대로가 아니라 '그런 것 같은 느낌을 준다'는 것이다. 마지막 줄의 큰기러기[鴻]는 보통 기러기보다 훨씬 더 치위에 잘 견디는 크고 건강한 새니, 이와 짝하면 언제 어디로나 못 날아갈 게 없다는 느낌에서 이 새를 고른 것으로 보아야겠다. 영원이라도 말이다.

산에 올라서

登高

문득 선달인 게 생각나

가파른 산을 타고 동에 오르니

사람은 청산 밖으로,

배는 소나기 속을 가누나.

긴 강가엔 마실 술이 모자라

먹구름 덩이만 시의 하늘엔 끼는데,

센 바람은 발가벗은 오동나무에……

저녁 붉은 노을은 내 흰머리에……

偶思一極月 躋彼危岑東

人去青山外 舟行白雨中

長河遇酒少 大雪入詩空

風落枯桐急 殘陽映髮紅

이 시에서 우리가 보는 시인 한용운 선생의 모습은 정말 힘세 보인다. 여기서 섣달이라는 건 아마도 음력 섣달일 것인데, 이 가장 치운 때를 골라 가파른 산을 올라서 멀리 청산 밖으로 가면서 있는 동포들의 모양을 내려다보며 때마침 내리는 쏘내기를 헤치고 가는 강물 위의 배도 살펴 내려다보고 있다가 다시 내려와서 강가에서 술을 찾아 헤매는 모습, 그러나 그 술이라는 것도 이 강가에는 모자라서 그의 시의 하늘에다가는 먹장구름만 꾸무럭히 띄운 채 잎 진 오동나무를 울리는 거센 바람 속에서 저녁노을의 붉은빛을 그 흰머리 위에 뒤집어쓰고 버티고 있는 모습—이런 모습의 끝없는 힘과 한恨이 읽는 이의 눈에 역력히 잘 보이는 것 같은 시다.

즉흥시
卽事

먹장구름 흩어지고 달만 혼자 누워서
머언 나무 오싹한 빛 두드러져 나와라.
빈산에 기러기 간 뒤 꿈도 이젠 없을 때
남은 눈길에 밤사람 가는 소리만 아직 들리네.
홍매화 피는 곳에 참선 처음 잘 맞아
한 소나기 지나가며 차도 반쯤 식느니
호계虎溪 이야기 견주어 스스로 웃기도 하고
그러다간 도연명이 생각도 하네.

烏雲散盡孤月橫 遠樹寒光歷歷生
空山雁去今無夢 殘雪人歸夜有聲
紅梅開處禪初合 白雨過時茶半淸
虛設虎溪亦自笑 停思還憶陶淵明

이 시의 일곱째 줄에 보이는 '호계虎溪'는 옛날 중국의 여산廬山 땅에 있던 시내의 이름으로, 여기에는 호랑이가 자주 나와 누구나 지나가기를 꺼리던 곳인데, 『여산기廬山記』라는 책에서 보면 '혜원慧遠 스님이 손님을 전송하여 호계를 지나노라니 호랑이가 으르렁댔지만 시인 도연명, 도인 육수정과 더불어 뜻이 맞아 이야기하는 동안에 벌써 그 호계를 넘어선 것도 깨닫지 못했더라. 그래서 함께 깔깔거리고 웃었으니, 이 셋의 웃음을 그린 〈호계삼소도虎溪三笑圖〉가 세상에 전해져 오고 있다' 하고 있는 게 보인다.

만해 스님이 이 시를 구상하시던 곳도 그 호계나 마찬가지로 호랑이가 나오던 곳인 듯하다. 〈호계삼소도〉에 그려져 나오는 도연명으로 말하면 불교와는 가까운 도교 사상의 시인으로서 또 술도 잘했던 분이다. 만해께서도 가깝게 여기신 게 이 시에 보인다.

이 시의 7, 8행 속에는 말은 안 했어도 만해 스님의 밤중의 술 생각이 좀 암시되어 있는 듯만 하다. 누구보고 술집에 가서 술을 좀 사오라니 '호랑이가 나오는뎁쇼' 어쩌고 하면서 가기를 꺼렸던 거나 아닐까?

아까 위에서 인용한 『여산기』 외에 또 『미암묵담속편米庵墨談續編』 속의 「이원중여산십팔현도기李元中廬山十八賢圖記」 조목을 보면, '치위에 시달린 사람이 술을 사 놓고 도연명을 데불고 왔다' 하고 있는 것도 보이니까 말씀이다.

동지
冬至

간밤에 난 천둥소리 덕으로
오늘 아침 내 마음 부유스럽다.
깊은 산에 한 해가 가서
내 나라에 시방 막 봄이 생겨나느니
문 열어서 새 복을 맞으며
묵은해를 보내는 편지를 쓴다.
모든 것이 모두 다 북 울듯하여
차분히 내 초막이 사랑스럽다.

昨夜雷聲至　今朝意有餘
窮山歲去後　古國春生初
開戶迓新福　向人送舊書
群機皆鼓動　靜觀愛吾廬

동양의 음력에서 동짓날이란 물론 밤이 가장 긴 때로, 이때로부터 낮의 양기陽氣가 늘어나게 되는 만치, 예부터 우리는 이날부터 새봄의 시작을 느끼고 살아온지라, 만해 스님의 이 시도 그런 전통적인 생각과 느낌에서 쓰여진 것이다.

이 시의 1, 2행인 '간밤에 난 천둥소리 덕으로 / 오늘 아침 내 마음 부유스럽다'는 표현에서 우리는 만해 스님의 태산 같은 대인의 모습을 본다. 조무래기들은 겨울 천둥엔 기겁을 하는 게 보통이지만 천지와 역사의 영원 앞에 떳떳한 그는 하늘에서 으르렁대는 그 겨울 천둥소리의 장엄한 느낌 덕으로 정신의 여유를 만들어 가지는 것이다.

일곱째 줄에서 '모든 것이 모두 다 북 울듯하여' 하며 아직 치운 동짓날에 벌써 숨은 봄의 느낌을 만들고 있는 것을 보면, 그의 타고난 시인의 감수성을 우리는 거부할 길이 없다. 20세기 프랑스의 가장 큰 시인 폴 발레리가 그의 정신의 은사인 스테판 말라르메의 추억담을 쓰면서 '말라르메를 여름에 찾아갔더니 "가을이 오는 소리가 안 들리느냐?"고 합디다. 그러고 나서 얼마 뒤 그는 이 세상에 남아 있지 않았습니다' 하고 서술하고 있는 게 보이거니와 말라르메의 예감보다도 만해의 예감은 훨씬 더 민감한 것으로 보인다.

옛 모양으로

古意

저녁이 맑아서 칼 짚고 서니
천년은 오직 서리와 눈뿐.
붉은 꽃 푸른 버들 다칠세라고
머리 돌려 봄바람 맞이해 보네.

淸宵依劒立 霜雪千秋空
恐傷花柳意 回看迎春風

우국지사憂國之士의 가슴속에 품은 칼 옆에 죄 없는 백성들의 꽃 같고 버들만 같은 자연의 젊은 모양이 잘 대조되어 있다. '너희는 잘 살아야만 할 텐데……' 하시던 조국 광복의 투사 한용운의 모습이 승려로서의 모습보다도 훨씬 더 선명히 드러나 보이는 절구다.

맑음

清唫

물줄기는 외딴 꽃에선 멀고,

종소리에 대수풀은 시리다.

참선은 끝났는지 어쩐지

모든 것이 이제 처음 보는 것 같다.

一水孤花迴 數鐘千竹寒

不知禪已破 猶向物初看

만해 스님은 이 시에서 선禪으로 통일되어 바로 열린 마음의 눈으로 모든 걸 보시고 그것이 두루 처음 보는 것 같은 데에 감동하고 있다.

물줄기에서 먼 메마른 땅에 홀로 피면서도 너무나 찬란한 꽃, 겨울의 강치위에도 태연자약하다가 들려오는 종소리에만은 오싹하여 귀를 기울이는 대나무 수풀의 정기精氣—이런 모든 것들이 마치 천지의 개벽 때처럼 눈부시고 귀하고 존엄키만 한 것이다.

그래서 선이 끝난 뒤에 이렇게 보고 있으면서도 '참선은 끝났는지 어쩐지' 하고 계시는 것이다. 선의 눈은 아직도 그대로였기 때문이다.

중노릇

雲水

흰 구름 쪼각이사 장삼도 같고

푸른 물줄기는 활보단 느리네만,

그 밖에 또 한 가지 어디로 갔는가.

끝없이 보고 보고, 보고 또 보네.

白雲斷似衲　綠水矮於弓

此外一何去　悠然看不窮

중노릇이라는 것을 한문으로는 '운수행각雲水行脚'(구름, 물 노릇)이라고도 하는 것이니까, 거기 견주어서 이 시의 첫 줄과 둘째 줄이 만들어져 있다. 이 시 전체의 뜻은 아닌 게 아니라, 구름이 나뉘어진 어떤 쪼각을 보면 중의 장삼 비슷기도 하고 또 흐르는 물은 날아가는 화살보다야 느리게 흘러는 가지만, 중들의 늘 이어 가는 느릿한 생애 같기도 하다.

그러나 이러고만 말아서야 되겠는가? 그보다 더 중요한 한 가지는 어디로 갔는가? 그게 무엇인가를 찾아 자기는 지금 '보고 보고, 또 보고만 있다'는 것으로 승려 생활의 '떠가는 구름, 흐르는 물줄기'만 같은 타성에 대해서 깊은 회의와 반성의 뜻을 이 작품은 보이고 있다.

양진암에서 떠날 때, 학명 스님에게 1

養眞庵臨發贈鶴鳴禪伯 (一)

세상 밖에 극락도 적으려니와

사람 새엔 지옥만 퍽 많습네다.

장대 위에 꼿꼿이 서 있는 꼴로

한 걸음도 앞으론 안 걸립니다그려.

世外天堂少　人間地獄多

佇立竿頭勢　不進一步何

이 시의 제목에 보이는 '양진암養眞庵'이란 이름의 절은 38선 남쪽의 한국 안에도 몇 군데 있지만, 학명鶴鳴 스님이 계시던 양진암이라면 전라북도 고창군 고수면 은사리 청량산에 있는 절로 보인다. 왜냐면 학명 스님은 전북 정읍의 내장사를 비롯해서 주로 호남의 절간들에서 수도를 하고 지내시던 스님이니 말씀이다.

학명 스님의 속성은 백씨白氏. 1867년에 나서 1929년까지 이 나라에 사셨던 스님으로 승명은 계종啓宗이고, 아호는 학명鶴鳴이다. 전남 영광 출생으로 불경을 가르치는 스승이었으며, 선禪에도 깊고, 계율 지키기에도 청정하셨고 또 대단히 자비로운 분이어서, 만해 스님도 많이 답답하면 이분을 찾았던 듯하다.

물론 이 절구도 우리 민족이 많이 따분하던 때의 따분했던 심경을 단순하게 표현한 것이다.

양진암에서 떠날 때, 학명 스님에게 2

養眞庵臨發贈鶴鳴禪伯 (二)

일마다 막다른 괴롬 수두룩하니
만나도 이별키나 알맞구먼요.
세상일 굳이 다 이러하여서
사내라 발길 따라 가 볼 뿐이오.

臨事多艱劇　逢人足別離
世道固如此　男兒任所之

학명 스님은 1867년생이고 만해 스님은 1879년생이니 그들의 나이는 꼭 12년의 차이가 있고, 또 따분할 때 의지해 찾은 형님인 학명의 암자니 '좀 더 쉬어 가라'고 학명은 만해에게 많이 만류도 했을 것이다. 그러나 만해의 행로는 이 시의 둘째 줄에 보이는 것처럼 그저 총총키만 했던 모양이다.

영산포 배 속에서

榮山浦舟中

어선의 피리 소린 강, 달하고 하나 되고,

양쪽 언덕 가을은 술 마시는 등불에 들어,

외돛배엔 하늘도 물만 같아서

갈꽃 따라 흐르고 또 흘러가네.

漁笛一江月 酒燈兩岸秋

孤帆天似水 人逐荻花流

이 시도 그의 자연과의 교감과 융화를 나타내고 있는 많은 작품들 중의 하나다. 그리고 여전히 이 시에서도 그는 자연의 주인으로서 자연과 잘 조화하고 있는 모습을 나타내고 있다.

그는 자연과 조화하는 모습으로 그를 생각하고 느낄 때는 생기를 많이 회복하는데, 이 시는 그 좋은 예의 하나가 되겠다. 절간에서 곡차라고 부르는 술 내음새도 약간 묻어 있어 더욱 재미가 있다.

물론 이 시 속의 배는 조그만 재래의 목선木船이었을 것이다. 그러나 돛도 달고 하여, 잠시나마 호수우셨던 것 같다.

한가한 날

咏閑

깊은 산에 아득한 꿈을 부쳐서

벼랑의 절에서 멀리 가는 생각을 끊네.

산골 푸른 물에 이는 찬 구름

언덕 넘는 초생달 보고 있다가

아스라이 돌아와 '나'를 그만 치우고

한 몸뚱이 있는 것도 잊어버리네.

窮山寄幽夢 危屋絶遠想

寒雲生碧澗 纖月度蒼岡

曠然還自失 一身却相忘

이 시의 둘째 줄에서 '벼랑의 절'이 그가 오래 묵고 지내던 내설악의 오세암인지, 또 어느 딴 곳인지 그것은 분명치 않으나, 이 시 속의 절에서 그는 중으로서의 안정安定의 한가함과 여유를 되찾은 것을 표현하고 있다.

깊은 산에다가 재미를 붙여서, 멀리 달려가려 하는 온갖 잡념을 끊고, '산골 푸른 물에 이는 찬 구름'이나 '언덕 넘는 초생달' 같은 자연의 정기에 맞추어 자기라는 소아小我를 접어 두어 버리는—그런 승려 생활로의 원상 복귀를 표현해 보이고 있는 작품이다.

즉흥시
卽事

햇볕이 남은 눈을 건드리며
머언 숲에 봄마음 지나가나니
산집의 병病에서 금방 일어나
새로이 솟는 정 주체할 곳 없어라.

殘雪日光動 遠林春意過
山屋病初起 新情不奈何

남은 눈을 햇볕이 녹이는 첫봄에, 병이 나아서 처음 일어나, 새로 마음속에 솟아오르는 봄기운을 어쩌지 못해 하는 느낌을 표현한 시이다. 어떠한 역경에서도 찌부러지지 않고, 늘 소생하는 것이 만해 그의 정신의 기력이었다.

자락

自樂

이쁜 때이건 막걸리 기울이고
착한 밤이건 새 시를 읊세.
이 몸하고 세상을 둘 다 잊으면
사람이란 어느 때나 제대로일세.

佳辰傾白酒 良夜賦新詩
身世兩忘去 人間自四時

이 시에도 일정 치하의 난세에 어둡고만 말지 않는 낙천樂天의 큰 힘은 풍겨 나 있다.

무엇이 이뻐게 느껴지는 시간이란 어느 난세의 틈에도 있는 것이니 이런 때거든 막걸리도 마시고, 착하게 느껴지는 자연의 밤이 오면 새로 지은 시도 읊어 보고, 자기 몸과 세상의 뜻 같지 않은 일들 다 잊어버리고, 자연대로의 목숨으로 낙천적으로 지내 보자는 생각과 느낌을 나타내고 있는 이 시는 언뜻 잘못 보면 은둔적이고 소극적이라고 할 수도 있을는지 모르겠으나, 나는 그렇게는 보지 않는다. 이 낙천의 겸비도 역시 그의 정신의 큰 힘 때문인 걸로 안다.

즉흥시
卽事

산 밑엔 햇빛 나고

산 위엔 눈 뿌리네.

음양은 이렇게 제멋대론걸

시인만 공연히 헛애태우지.

山下日杲杲 山上雪紛紛

陰陽各自妙 詩人空斷魂

이 시도 자연의 섭리에 맞추어 살아야겠다는 그의 생각을 나타내 보이고 있다. 그러고 시인의 감정이라는 것을 '공연히 헛애나 태우는 것'이라고 깨닫기도 하고 있는 게 재미있다. 시인의 감정에 대한 이런 풀이, 철인哲人 플라톤이 그의 『국가』란 책에서 말하고 있는 것과도 일맥상통하여 재미가 있다.

가을 밤비

秋夜雨

책상머리 참선 맛은 슴슴키 물 같고
풍기던 향불 재 되며 밤도 끝이려 하네.
오동잎 몰아치는 거센 가을 빗소리에
비인 방에 남은 꿈만 오도도 떠네.

床頭禪味澹如水 吹起香灰夜欲闌
萬葉梧桐秋雨急 虛窓殘夢不勝寒

이 시의 마지막 줄에서 보면 '남은 꿈이 치위를 못 견딘다'는 느낌이 담겨 있어, 이것은 물론 도심道心이 아닌 꿈이 못 견디는 걸 말씀하고 계시는 건 틀림없지만 그야 하여간에 만해 스님의 여러 시에서 볼 것 같으면, 이분이 겪은 여러 가지 고초 중에서도 가장 견디기 어려워하셨던 것은 치위로 보인다. 아마 이것은 체질적인 일이 아니었던가 한다. 혹시 재래적인 습관으로 그 셔츠라는 것을 한복의 저고리와 바지 속에 잘 갖추어 입으실 줄을 몰랐던 것 아닌가 싶기도 하고…… 또 이 셔츠라는 것을 갖출 만한 돈도 늘 없기만 했었을 것 같기도 하고……

새벽

曉日

머언 숲에 나는 연기는 버드나무 늘어지듯,

고목나무에 내린 눈은 꽃도 되어서

시구절은 말없이도 저절로 오나니

하늘의 그 많은 마음 낸들 어찌리.

遠林煙似柳　古木雪爲花

無言句自得　不奈天機多

시도 사람이 짓기 전에 먼저 자연이 잘 짓고 있다. 말하자면 그런 의미를 보이려는 시가 이 작품이다. 자연의 미묘한 동황動況들을 잘 살펴보면 자연 바로 그대로가 시더라는—그런 깨달음이 이 시의 내용이다.

고향 생각

思鄕

섣달 대목 추운 창에 밤은 길어서
숙인 머리 잠 못 이뤄 깜짝깜짝 놀랜다.
사위는 구름 부연 달에 외론 꿈을 빚으면
신선살인 잘 못 가고 고향만 간다.

歲暮寒窓方夜永　低頭不寢幾驚魂
抹雲淡月成孤夢　不向滄洲向故園

이 시의 마지막 행에 보이는 '창주滄洲'는 원래는 신선들이 사는 선경仙境을 말하는 것이지만 여기서는 불도佛道의 법열경法悅境이랄까 그런 뜻으로 바꾸어 쓴 것으로 보는 게 좋을 듯하다.

스님이라고 하여서 어찌 고향 생각이 안 날 리 있겠는가. 꿈속에서 그 고향 쪽으로 기울어졌던 일까지를 솔직히 표현해 놓고 있는 것이 만해 스님다워서 좋다.

고향 생각 괴로운 날

思鄕苦

으스스한 등불쯤으로 맺힌 치위는 못 도려내

빼라는 뼈 기를 못 펴 넋도 제 노릇 못하는 날은

매화꽃이 꿈에 들어 새 학두루미 되면서

내 옷 잡아다리며 고향 이얘길 하네.

寒燈未剔紅蓮結 百髓低低未見魂

梅花入夢化新鶴 引把衣裳說故園

이 시도 만해 스님의 한시에 많은 그 치위 고생 경험의 하나. 그의 치위 경험의 여러 시들 가운데서도 이것이 가장 간절한 것 중의 하나가 된다.

첫 행의 '홍련결紅蓮結'이란 불교에서 말하는 팔한지옥八寒地獄의 하나인 홍련지옥紅蓮地獄의 치위의 고통—즉 온몸의 살이 빨갛게 얼어 터져서 붉은 연꽃들이 핀 것같이 되는 고비를 말씀한 것으로 보이는데, 이런 치위를 으스스한 등불쯤으로는 도려낼 수 없다고 하셨으니, 그것 참 대단히 치우셨던 모양이다.

이 시에서 특히 간절한 것은 3, 4행이다. 매화꽃은 만해 스님이 꽃 중에서도 가장 좋아하시던 꽃인데, 이 꽃이 다시 날개 돋아 학으로 둔갑하면서 만해의 옷을 붙들어 잡고 만해의 고향 집 이야기를 하더라고 하였으니, 오죽이나 치웠으면, 옛날의 고향 집 이야기가 꿈속의 학두루미의 입에서까지 다 나왔겠느냐 하는 점에서 말씀이다.

하여간에 이 작품은 시로서도 많이 아름다웁다.

밤에 영호 유운 두 스님과 함께 1

與映湖乳雲兩伯夜唫(一)

마음보 훤칠한 우린 모두 고진들.

산방 깊은 밤에 좀 깨끗이 노나니,

촛불도 잠잠하고 재도 잘 식고,

시詩 시름만 꿈같이 종소리 건너 있네.

落拓吾人皆古情 山房夜闌小遊清

紅燭無言灰已冷 詩愁如夢隔鐘聲

이 시는 만해 그보다도 나이가 위인 형님뻘인 두 스님과 어느 밤에 만나 운자韻字를 달고 같이 시를 쓴 것 중에 그의 작품인데, 여기에는 약간의 '아이러니'의 냄새가 풍기는 걸 안 맡을 수는 없겠다. 물론 마음대로 안 되는 세상에서 찌드는 한도 아울러 풍기고 있다.

영호 스님은 물론 석전 박한영 스님이고, 유운 스님이 어떤 분이었는지는 나도 아는 바가 없다.

밤에 영호 유운 두 스님과 함께 2

與映湖乳雲兩伯夜唫(二)

한밤 글 기운이사 무지개도 잘 건네고,

붓 대어 시 쓰기라면야 으스댈 만도 하지요.

봄보고는 하루 되어 있으라 하고,

으스름달은 숨겼다가 또 부릅시다.

中宵文氣通虹橋　筆下成詩猶敢驕

只許三春如一日　別區煙月復招招

이 시에서도 망국의 때에 글이나 하고 시나 짓고 으스대고 사는 선비 노릇이라는 것에 대한 풍자와 자조가 엿보인다.

이 시의 3행과 4행에서 '봄보고는 하루 되어 있으라 하고, / 으스름달은 숨겼다가 또 부릅시다.' 한 뜻도 반어反語로 읽어야 할 것 같다. 시의 오기傲氣로서야 봄보고도 하루 되어 멎으라 할 수도 있고, 으스름달도 어디다가 숨겨 두었다가 부르고 싶은 때 또 자주 불러내고도 싶지만, 망한 나라의 세상 되어 가는 꼴은 어찌 이러고만 있게 하는가? 하는 암시의 반어적 표현을 우리는 이 시에서 엿보게 되는 것이다.

서울에서 영호 금봉 두 스님을 만나서 1

京城逢映湖錦峯兩伯同唫(一)

시원한 중머리로 장거리에 들어서니

그럭저럭 살자는 사람들 많이 불었습니다.

눈 온 뒤에 산이란 산 두루 잠들었으니

머리 돌려 육조六朝 사람들 이얘기나 한바탕 해 봅시다.

蕭蕭短髮入紅塵 感覺浮生日日新

雪後千山皆入夢 回頭漫說六朝人

이 시 둘째 줄의 '그럭저럭 살자는 사람들'의 원문은 '부생浮生'이니, '어떻게든 육신의 목숨이나 연장해 가며 화나 안 당하고 살아 보자는 장거리에 북적거리는 사람들'을 뜻한 것으로 보아야 할 것이다.

셋째 줄에서 암시하고 있는 것은 '일정의 거센 탄압 뒤에 이 민족 지도력도 잠든 산처럼 침묵만 지키게 되었다'는 뜻을 은유하고 있는 것으로 보아 읽으면 되겠고, 마지막 줄에서 '머리 돌려 육조 사람들 이얘기나 한바탕 해 봅시다'라고 하신 뜻은 중국의 육조시대에도 육신의 목숨이나 늘여서 살려는 사람들의 수가 많았던 걸 기억하시고, 우리의 다수 민생의 움직임에 견주기 위해 끌어오신 걸로 보인다.

이 시의 제목에 나오는 두 스님 가운데, 영호 스님은 우리가 이미 잘 아는 터이다. 금봉錦峯은 1869년에서 1916년까지 이 나라에 살았던 학승學僧으로 속성은 장씨張氏, 승명은 병연秉演.

그러니까 금봉은 1916년에 별세하셨으니까, 이 시는 1919년 3·1운동 때보다 상당히 전에 쓰여진 것이다.

서울에서 영호 금봉 두 스님을 만나서 2

京城逢映湖錦峯兩伯同唫(二)

시는 식으려 하고 술기운만 우쭐거려서

이 영웅이사 하룻밤에 땔나무 다 처질렀소.

호수에 달 어디 갔나 고시랑거리다가

잠들어 꿈에 본 청산은 아주 적적했었소.

詩欲踈凉酒欲驕　英雄一夜盡樵蕘

只恐湖月無何處　一夢靑山入寂廫

이 시의 내용을 보면, 아마도 만해 스님이 그의 절간에서 나와 서울(그때 이름으로는 경성)에 들렀다가, 영호와 금봉 두 선배 스님을 만나 그가 있는 곳으로 동행해서 한잔 마시고 잠들었다 깬 뒤에 그 두 분과 시 짓기 놀이를 할 때—그러니까 그리되었던 어느 날 아침에 지은 것으로 보인다. 둘째 줄에 보면, 가난한 영웅 노릇으로 땔나무 남은 걸 몽땅 다 군불로 처질러서 밤에 두 스님을 뜨듯하게 재우려 한 것이 보이니, 그 이튿날 아침에 지은 시로 보아야 하지 않겠는가?

제3행의 '호수에 달'은 영호 스님의 아호 '영호映湖'란 뜻에 견주어서 그를 두고 말한 것이고, 또 제4행의 '청산'은 금봉錦峯'이란 아호의 뜻에 견주어서 그를 두고 말한 것으로 보아야 할 것이다.

그러고 이 두 줄은 영호와 금봉 두 스님이 이미 깊이 잠들어 있는 모습을 두고 표현한 것으로 볼 수도 있고, 또 이 두 분이 숨어서 적적하게만 수도에 정진하고 있는 걸 좀 풍자한 것으로 볼 수도 있다.

밤에 금봉 스님하고 같이

與錦峯伯夜唫

시詩 술이 서로 그려 하늘 한쪽에 만났것다.

소슬한 밤이 이뻐 생각 끝이 없것다.

국화에 뚜렷한 달도 잠도 없는 듯하여

옛 절에 거친 가을도 우리 고향만 같것다.

詩酒相逢天一方　蕭蕭夜色思何長

黃花明月若無夢　古寺荒秋亦故鄕

금봉하고 만해 두 분이 만난 절간이 어디였는지는 모르겠으나, 술도 넉넉히 마련해 놓고, 시는 아마 만해만이 지으며, 달과 국화도 간절한 느낌에 잠도 못 자는 듯 휘영청키만 한 밤에 절간을 고향처럼 느끼고 있는 시다.

물론 이 시의 때도, 1916년에 세상을 뜬 금봉이니까, 그의 별세 이후인 3·1운동보다도 훨씬 더 먼저이다.

금봉은 불경 강원에서 불경 교수도 했던 분인데, 곡차—술도 즐기신 모양이다.

영호 스님 시를 받아서

次映湖和尙

종 울린 뒤 수풀 수풀, 눈 온 뒤 하늘,

고향 생각 시 생각 절로 앞서요.

해묵은 매화꽃이 처음으로 꿈에 드니

찾아온 마음도 비끼어 피리 소리나 듣소.

鐘後千林雪後天　鄕情詩思自相先

侵歲梅花初入夢　訪思有無和笛聲

이 시는 영호 스님이 먼저 쓰신 시의 뒤를 받아서 쓴 작품이다.

매화가 꿈에 들 때는 어떤 모양을 하는 것인지 나는 모르거니와, 만해 스님이 그것을 눈치채시어서, 행여나 그 꿈을 방해할세라 비끼어서 피리 소리나 듣고 있는 모습은, 확실히 무엇들이 잘 어울리는 그 시라는 것을 이루고 있다.

영호 스님을 못 만나고 와서

贈映湖和尙逑未嘗見

옥녀가 버들 아래 거문골 퉁겨
봉황새가 춤추며 신선한테 내렸소.
대수풀 밖 낮은 담장에 사람 안 보여,
창 너머 가을 생각 일 년만 했소.

玉女彈琴楊柳屋　鳳凰起舞下神仙
竹外短墻人不見　隔窓秋思杳如年

이 시 둘째 줄에서 '신선한테'라는 그 신선은 물론, 영호 박한영 스님을 찾았다가 못 만나고 와서 쓴 시이니 영호 그를 비유해 말한 것이지만, 첫째 줄에 보이는 옥녀玉女—미인을 뜻하는 것인 그 옥녀는 웬 옥녀인지 아리숭하기만 하다. 버드나무가 실실이 늘어진 집에서 거문고를 타고 있는 옥녀라면 일생을 순 동정純童貞의 수도승으로만 지내신 영호 스님과는 전연 관계가 있을 수 없는 것인데, 이 어찌 돌연한 출현일까? 상상컨대 영호 스님이 기거하시는 절간으로 가는 도중의 어디메쯤에 그런 거문고 퉁기는 미인이 하나 살고 있었던 게 아닌가 싶다.

하여간에 이 시는 만해 스님의 농담하는 모양이 좀 보이는 작품이다.

영호 스님의 시를 받아서

次映湖和尙

시와 술로 사는 사람 병 많은 거고

문장객도 할 수 없이 늙는 겁니다.

눈바람이 휘몰아 와 글 쓰는 데 내리니

둘의 맘도 엔간히는 어지럽습니다.

詩酒人多病 文章客亦老

風雪來書字 兩情亂不少

이 시의 첫 줄은 만해 자기에, 둘째 줄은 석전 영호 박한영 스님에 비긴 것으로 보인다. 왜냐면 영호 스님은 술이라는 것도 전혀 모르고만 지내신 분이었으니까.

그리고 셋째 줄에서 '눈바람이 휘몰아 와 글 쓰는 데 내리니' 한 것은 영호와 만해 두 분이 발표한 글에까지 일본 관헌의 간섭이 뻗쳐 오고 있었던 걸 암시하는 것으로 보는 게 옳을 듯하다. 실제의 겨울의 눈바람이라면 방에서 글을 쓰고 있는 데까지 몰아쳐 올 수는 없는 것이니까 말씀이다.

영호 스님의 「향적사」 시를 받아서

次映湖和尙香積韻

수풀 첩첩 오싹한데 밝은 달 하나
푸른 구름 쌓인 눈에 밤은 저승 같아라.
다 거둘 길 바이없는 반짝이는 구슬들
귀신인지 단청인지 눈만 부셔라.

萬木森凉孤月明　碧雲層雪夜生溟
十萬珠玉收不得　不知是鬼是丹靑

이 시도 영호 스님이 먼저 쓰신 「향적사香積寺」란 제목의 시를 만해께서 보시고, 뒤따라 같은 제목으로 쓴 것이다.

향적사는 함경남도 안변군 석왕사면 사기리 설봉산에 있는 절로서 저 유명한 석왕사釋王寺에 딸린 절이니, 지금은 38선 북쪽에 놓여 있다. 두 분이 다 물론 여기도 가 보신 일이 있었으니, 이 절을 두고 같이 쓸 수가 있었을 것이다.

이 시의 3, 4행을 보면, 향적사는 많이 맑은 곳인 것 같다. 그러니 달밤의 푸른 구름과 쌓인 눈에서 그렇게 귀신인지 단청인지 모를 미묘한 많은 빛의 구슬들이 생겨난 것이겠지.

유운 스님 병들어 누워

乳雲和尙病臥甚悶又添鄕愁

내 오랜 중 친구 병들어 누웠나니
봄 기러기 기별마자 차마 아니 들린다.
이 시름 모두 다 몇만 섬이냐,
등불 아래 턱수염만 덥수룩하여라.

古人今臥病　春雁又無書
此愁何萬斛　燈下千鬢疎

이 시의 원제목을 그대로 다 번역하면, '유운 스님이 병들어 누워서 매우 아파하므로, 나 또한 시름을 엮어서 보탠다'가 되겠으나 너무 길므로 줄였다.

또 이 시의 원문 제3행의 '곡斛'은 곡식 열 말을 뜻하는 것이니까 '섬'이라고 하면 안 되겠지만 '몇만 가마니냐?' 하는 것도 우스워 보여서 섬으로 해 두었다.

여기에서 만해 스님이 그들의 시름을 가지고 무슨 시름의 큰 지주나 되는 것처럼 '몇만 곡이냐?' 하고 계시는 것은 그 표현이 매우 재미가 있다. 아닌 게 아니라 시름의 부자가 되는 대신 재물의 치부에 골몰했더라면 만해의 그 극성스런 성질이면 몇만 석石의 대지주라도 될 수도 있긴 있었을 터이니까……

벗에게 보내는 선禪 이야기

贈古友禪話

온갖 꽃 고운 것 다 보고 나선
제멋대로 푸른 풀에 노을을 밟세.
한 그루 매화꽃 못 얻는대도
땅에 그뜩 눈바람도 좋지 않은가.

看盡百花正可愛　縱橫芳草踏煙霞
一樹寒梅將不得　其如滿地風雪何

이 시는 대긍정의 선禪의 경지를 보이고 있다. '꽃도 좋지만 풀섶 위의 희부연 노을도 곱다. 그러고 찾던 매화를 못 얻는다면 온 세상을 몰아치며 덮는 풍설風雪도 또한 있을 만한 것 아니냐'는 것이다. 여기 나오는 풍설이라는 건 당시 일본 제국의 이 민족에 대한 모진 탄압의 뜻으로 물론 읽을 수 있다. 그러나 그러면 또 어떠냐? 이것은 오히려 우리가 크게 긍정하고 겪어 내야 할 한 맛이 있는 것 아니냐?—는 뜻이 된다.

고난의 역사를 능히 견디어 이겨 낼 만한 대인大人의 정신력을 여기 보이고 있는 것이다.

학생에게—옥중에서

寄學生 (獄中作)

부끄러운 기왓장같이 온전히 살아남느니

옥으로 부서져 죽는 것도 곱지 않은가.

온 하늘에 그득히 가시목 자르는 소리,

길게 울부짖으니 달빛 정말 많으이.

瓦全生爲恥　玉碎死亦佳

滿天斬荊棘　長嘯月明多

이 시는 1919년 3월 1일 기미독립선언문 발표 후에 선생이 투옥되어 형을 치르고 있을 때 지으신 것으로, '학생에게'라는 제목이 붙은 걸 보면 옥중에서 알게 된 어느 학생에게 주신 것인 듯하다.

'바른 일을 위해 옥같이 살던 사람들이 하늘가에 목이 잘리며 소리쳐 울부짖으면 달빛은 더 많아진다'는 뜻 속에 나오는 그 '달빛이 많아진다'는 것은 무얼 말하고 있는가? 물론 이건 천지와 역사의 영원을 빛내는 데 보태는 것이니 달빛도 마땅히 더 간절하게 된다는 말이다.

벚꽃을 보며—옥중에서

見櫻花有感 (獄中作)

간 겨울의 꽃 같던 눈

올봄의 눈 같은 꽃

눈도 꽃도 다 하염없을 뿐인걸

어쩌자고 가슴아 미어지려 하느냐.

昨冬雪如花　今春花如雪

雪花共非眞　如何心欲裂

이 시도 옥중에서 어느 때 지는 벚꽃을 보고 쓰신 것인데, 3행인 '눈도 꽃도 다 하염없을 뿐인걸'의 원문은 '설화공비진雪花共非眞'이니, 직역하면 '눈도 꽃도 다 진眞은 아닌걸'로 되어서 그 '진眞'이란 게 무엇인가가 문제가 된다. 이것은 물론 영원히 불멸하는 정신의 영생 즉 불교의 '진여眞如'의 그 진眞으로 보아야 할 것이다.

기러기 1—옥중에서

咏雁 (一) (獄中作)

한 기러기 머언 가을 울음소리에

헤어 보는 별마다 밤도 참 많아

등불도 깊어지며 잠 안 오나니,

"언제 집에 가시오?" 간수가 다 묻는다.

一雁秋聲遠 數星夜色多

燈深猶未宿 獄吏問歸家

가을밤에 옥중에도 들리는 기러기 울음소리가 간수의 마음속까지를 다 울려서 '언제쯤 집에 가게 됩니까?' 하고 만해 스님에게 인사로 묻게까지 하는 것은 매우 아름다웁다. 자연의 힘은 이렇게 만인에게 두루 통하는 것이다.

또 기러기 소리를 들으며 옥창獄窓으로 들이비치어 오는 하늘의 별들을 만해께서 하나 둘 헤고 계시는 모양도 감명 깊다. 시인 윤동주, 「별 헤는 밤」의 대선배는 역시 한용운 선생이었던 걸 이 시에서 우리는 새삼스럽게도 알 수가 있다.

기러기 2—옥중에서

咏雁 (二) (獄中作)

하늘 끝 기러기 한 번 울음에

감옥에도 그뜩히 가을 기별 뻗치나니,

갈대밭 위 뜬 달 옆에 길을 내 가는

기러기야 네 혀는 그 무슨 쇠뭉치냐?

天涯一雁叫　滿獄秋聲長

道破蘆月外　有何圓舌椎

프랑스 사람들은 늦가을 하늘에 기러기가 날아가며 우는 걸 보고는 '이마로 하늘 속을 걸어가는 것'이라고 느껴서 '이마로 걷기 marche en front'라는 말을 만들어 내서 써 오고 있다. 그러나 그 끼름끼름 울고 가는 기러기의 혓바닥의 힘으로 길을 내 가고 있는 것이라는—이 시 속의 만해의 생각이나 느낌과 같은 것을 나는 딴 데서는 본 일도 들은 일도 아직 없다. 만해는 이렇게 먼저 본질적으로 시인이다.

환갑날에—1939년 7월 12일 청량사에서

周甲日卽興 (一九三九, 七, 十二, 於淸涼寺)

주섬주섬하다 보니 환갑 나이 되었네.
사람의 짜른 생애 이런 것이지.
세월은 바삐바삐 흰머리도 떨구지만
고생살이도 내 곧은 맘 어쩌지는 못했네.
가난을 깨달아서 범골凡骨은 면했지만
병이 들면 그 누가 묘방이 있나?
물 흐르듯 가는 여생 묻지는 말게.
매미 소리도 나무에 붙어 지는 해를 따르네.

怱怱六十一年光　　云是人間小劫桑
歲月縱令白髮短　　風霜無奈丹心長
聽貧已覺換凡骨　　任病誰知得妙方
流水餘生君莫問　　蟬聲萬樹趁斜陽

이 시는 1939년 7월 12일, 만해 스님의 회갑날에 동대문 밖 청량사에서 쓴 것이니, 그가 1944년에 세상을 뜨시기 5년 전의 일이다.

이 시 원문의 2행에 나오는 '소겁상小劫桑'이란 말의 마지막 글자인 '상桑'은 '부상扶桑'이란 뜻으로도 쓰이니 그걸로 쳐 보는 게 맞을 듯하다. '부상'은 '해 뜨는 곳'을 뜻하는 것이니, 제1행인 '총총육십일년광忽忽六十一年光'의 그 '광光' 자하고도 짝이 잘 맞는다. '뽕나무'로 읽어도 억지로 뜻은 닿겠지만, 그건 아무래도 어색다. '소겁小劫'이란 말은 여기서는 '얼마 안 되는 동안'쯤의 뜻으로 보아 읽으면 될 것이다.

가을 새벽—일본에서

秋曉

빈방이 희끗해지며
은하가 엣비슥히 방으로 든다.
가을바람은 간밤 꿈을 불어서 깨고
새벽 달은 내 새 시름을 비춘다.
외딴 불빛에 벗은 나무 드러나고
못물은 차갑게 흘러,
벌써 이미 할애비 다 된
아직 못 풀린 친구를 생각해 본다.

虛室何生白　星河傾入樓
秋風吹舊夢　曉月照新愁
落木孤燈見　古塘寒水流
遙憶未歸客　明朝應白頭

이 시는 늦가을 새벽, 흘러내리는 못물도 있는 일본의 어느 여관에서 느낀 것을 쓴 것이다.

일본의 객창客窓에서 묵고 있자니, 감옥에서 아직도 못 풀려난 노경의 친구 생각이 더 간절하셨던 것이다.

달을 보며

見月

신선이 달 보기라면
온밤이 두루 첫날밤 같지.
달 따라서 말 없는 데 들어가
좋은 시를 하기에도 아주 알맞지.

幽人見月色　一夜摠佳期
聊到無聲處　也尋有意詩

달밤이 주는 매력이 간단한 대로 잘 표현된 작품이다.

만해께서도 '가기佳期'라는 말을 첫날밤으로 생각하셨는지 어쩐지는 잘은 모르겠으나, 아마도 그러셨을 것만 같다.

달이 나오려 할 때

月欲生

별들이 앞서 나와 되게 쏘아 비치며,

귀신들 있는 대로 까불다가 멈추며,

밤빛은 차근차근 땅으로 엎드려서

수풀들이 그것을 모두 빨아들이며……

衆星方奪照 百鬼皆停遊

夜色漸墜地 千林各自收

이 시의 '달이 나오려 할 때'가 놓인 장소는 물론, 아조 맑고 또 깊고 또 수풀도 울창한 곳이다.

달이 막 떠오르려 할 때의 그런 곳의 분위기가 퍽 인상적으로 그려져 있다.

달이 막 나올 때

月初生

푸른 언덕엔 흰 옥덩이 나오며
산골 물에선 순금이 까불고 논다.
산집에 가난은 벌써 시름 아니다.
하늘이 주는 보물 다 거둘 길 없나니.

蒼岡白玉出 碧澗黃金遊
山家貧莫恨 天寶不勝收

물론 이 시의 첫 줄에서 '옥덩이'라고 한 건 맑게 떠오르는 달을 말한 것이고, 둘째 줄의 순금(황금)은 산골 물에 비친 달빛을 금빛에 견주어 말한 것이다.

3, 4행에서는 만해 스님은 가난의 시름 몽땅 다 없어지고, 나오는 달빛을 받아, 자연이 주는 보물의 천하 갑부가 되어 있는 것이다.

달은 하늘 한복판에

月方中

만 나라가 달을 다 같이 보건만

놀기는 사람마다 제멋대로요.

너무 눈부시어 손도 못 대고

너무 높고 멀어서 가까이 못해 그렇지.

萬國皆同觀　千人各自遊

皇皇不可取　迢迢那堪收

좀 동요 같은 작품이긴 하지만, 평범 속의 진리는 지닐 만큼 지니고 있다. 아닌 게 아니라 하늘 한복판에 뜬 달을 두고도 사람들의 노는 꼴은 천태만상이고, 또 사람들은 달빛에도 가지런히 동화되어 좋으련만 괜히 높고 먼 것으로만 생각하고 느끼고 살고 있으니 말씀이다.

옛날 신라의 월명月明이란 스님이 달밤에 피리를 불면, 달도 가다가 멎어서서 귀 기울여 듣고 있었다는 옛이야기 때보다도 사람의 생각이나 느낌들이 훨씬 더 조무래기가 되어서 그런 것이다. 불교에서 가르치는 인간 존엄이 속화되거나 위축된 것을 만해 스님도 이 시에서 은근히 한탄하고 있는 것이다.

달은 지려 하고

月欲落

솔 밑에 푸른 장막을 달님이 걷으시니
그네 남긴 맑은 꿈만 학 옆에 아직 노네.
북과 피리 두루 끝나 산도 드러누우니
으스스한 세상은 그리워 들이숨 쉬네.

松下蒼烟歇 鶴邊淸夢遊
山橫鼓角罷 寒色盡情收

이 시의 원문 4행의 '한색寒色'이 뜻하는 것으로 보아 늦가을 밤 같은데, 달이 서산에 막 넘어가려 할 때의 산골의 분위기가 감칠맛 있게 잘 그려져 있다.

소나무들 밑에 어리었던 달빛의 푸른 장막을 달이 걷으니, 달―그네가 꾸고 있던 맑은 꿈만이 학 옆에 아직도 머물러 놀고 있다는 시의 구상도 아름답고, 달빛 속에서 울리던 북소리와 피리 소리가 끝나니, 산도 자려는 듯 드러눕는 것 같은데, 달 넘어갈 무렵의 오싹 치운 기운 속에서 세상은 넘어가는 달이 너무나 그리워 들이숨을 쉬고 있다는 시상의 어울림도 곱다.

말하자면 달 질 무렵의 자연의 기미에 잘 통한 작품이라 하겠다.

달이 좋아서
玩月

빈산에 달빛 너무나 많아
홀로 가며 끝까지 깨끗하나니
누구 그린 마음실 저리 멀리 갔는지
밤 깊어 아리숭해 거둘 수도 없어라.

空山多月色 孤往極淸遊
情緖爲誰遠 夜闌杳不收

너무나 많은 것만 같은 맑은 곳의 달빛에 젖어 가는 한정 없이 깨끗기만 한 그리움—그 그리운 마음의 실은 누구를 향해 갔기에 저리도 멀리 가 있느냐고 묻고 계신데, 그 '누구'를 부처님이라든지 분명하게 들어서 말하고 있지 않은 게 오히려 자연스러워서 좋다. 구도자의 그리움이 그 대상에 남들이 써먹은 이름을 붙이는 것도 진부케만 느끼어진 경우이리라.

소리가 제 마음을 못 믿다가 문득 풀리며 얻은 시 하나

聲疑情頓釋仍得一詩

사나이 가는 곳 두루 다 고향인걸

몇 사람이나 나그네 시름에 오래 젖어 있는고?

한소리 외쳐서 우주 한집 만드니

눈 속에도 복사꽃잎 펄펄펄펄 날려라.

男兒到處是故鄕　幾人長在客愁中

一聲喝破三千界　雪裡桃花片片飛

이 시의 제목의 뜻을 이해하자면, 좀 심리적인 고려를 해야겠다. 말하자면 마음속과 하는 말씀이 서로 다른 경우 말씀하는 소리는 마음을 믿지 못할 것이고, 또 마음도 그 거짓 말씀을 믿지 못할 것인데, 그 사이가 드디어 잘 풀려서 일치했기 때문에 거기서 한 시를 얻게 되었다—그렇게스리 심리적으로 생각하며 이해해야만 되겠다는 말씀이다.

이 시는 '고향과 타향은 왜 따로 있어야 하느냐? 어디나 다 고향으로 만들어라. 하늘과 땅의 우주도 잘 생각해 보면 한집 아니냐? 그리 깨닫고 보면 치운 눈보라도 봄의 복사꽃잎 날리는 것처럼 이뿌기만 하니라'—이런 뜻인데, 만해 스님으로 말하면 치위를 타던 분이고 또 고향 생각도 자주 하시던 분인지라, 이 깨달음은 그로서는 크게 실감이 있었던 걸로 보인다.

석전 박한영 한시선

역자 서문

사람은 자기가 일생 동안 남에게서 받아 온 사랑 가운데서 가장 깊은 것을 아주 잊고 배반할 능력까지는 없는 것으로 나는 안다. 한동안씩 이것을 잊고 지내거나 배반하는 일은 있어도, 일생 살아가는 동안 언젠가는 다시 그걸 그리워하여 그 깊이에 젖으러 돌아와야 하는 것이다.

석전石顚 스님이 내게 끼친 도애道愛의 깊이도 내가 내 일생 동안 남에게서 받아 온 이런 종류의 사랑 가운데서는 가장 깊은 것이어서, 나는 이분을 잊고 지내다가도 내가 매우 견디기 어려운 한밤중에 홀로 깨어 고민하는 때의 언저리쯤에서는 반드시 다시 이분의 그 깊은 도애를 돌이켜 생각하곤 어머니의 품속에 파묻히는 아이처럼 파묻히어 새로 살 힘을 얻는다.

나는 역력히 기억한다—내가 과히 가난하지도 않은 집안의 열여덟 살짜리 소년의 몸으로 한 톨스토이주의자가 되어 넝마주이들과 함께 생활하며 쓰레기통을 뒤지고 다니고 있었을 때, 이 소문을 어디서 들으시고 매우 좋아하신 스님이 나를 그분의 절간으로 불러 서로 만나던 때의 그분의 반가움에 겨워하던 그 소년만 같던 모습. "정주! 자네 이름이 정주라고 그랬지? 정주! 그래 자네가 자기 때문이 아니라, 남들의 일을 생각하고 거지 굴에 뛰어들어 지내고 있단 말이 그게 정말이여? 어허허허허!…… 이 사람! 거 인제 보니 자네가 짱굴세그려" 하시며 내 옆에 바짝 가까이 다가앉아 내 머리통을 유심히 들여다보며 칭찬하시던 일. "여보게 우리 그러지 말고 한동안 공부 같이 좀 해 보지 않겠나? 불교를 자네가 알면 썩 좋을 것이여" 하고 나를 무슨 자기의 국민학교 때 친한 동기동창이나 만난 듯, 지체 없이 같이 지내기를 권하시던 모습. 그래 내 찬성을 얻어 나를 그의 한 거사 제자居士弟子를 만들자, 바로 가르쳐 주신 『능엄경楞嚴經』 공부에서 조금만 잘 알아들어도 무슨 아이의 명절날인 듯만 싶게 무척은 좋아라 하시던 모습.

그러다가 어느 날 오후, 아직도 못 버린 내 버릇으로 법당 뒤 별당의 툇마루에 앉아 담배를 피우고 있다가 그분에게 우연히 발각되었을 때 "아! 저런! 저, 사람 굴뚝에서 연기 나네! 이 사람아 공부꾼이 그까짓 것 하나를 못 끊어서야 어디다가 써! 최남선이는 삼십까지 피우던 담배도 딱 끊어 버리고 공부에 골몰했으니 그만큼이라도 역사 공부라도 해냈다. 그것 하나를 못 끊는단 말이냐?" 하시고 꾸지람이라기보다 그분 자신의 속쓰림을 더 많이 담아 맑은 공기를 먹먹히 울리시던 그 꼭 할머니나 어머니만 같던 음성—"아이고 내 새끼야! 이게 웬일이란 말이냐?" 하시고 내 일을 속 쓰려 하시던 내 할머니나 어머님만 같던 음성.

그 뒤 내가 금강산으로 송만공宋滿空 스님을 찾아 참선 공부를 하러 가겠다 하니, "참선은 공부가 모자라 가지고 바로 되느냐?"고 하시면서도, 막다른 내 고집을 또 받아들여 "그럼 가서 우선 한번 해나 보게" 하고, 소개장과 걸어 다닐 때 덜 발 아프라고 그분이 몸소 신고 다니시던 운동화 한 켤레를 내어 주시던 일. 또 내가 참선도 제대로 못하고 서울로 되돌아와서 스님 보기가 미안하여 빈들빈들 굴러다니며 놀고 있는 것을 어디로 어디로 수소문해서 기어코 찾아내서는 다시 불러들여 놓고 "정주! 자네는 아마 학두루미나 무슨 새 같은 시인이나 하나 될라는가 부다. 중이 될 인연은 아닌 모양이니, 우리 학교에나 입학해서 이태백이니 제자백가諸子百家니 그런 거나 좀 재미 붙여 보는 게 좋겠네" 하시며, 그분이 이때 우리 불교의 대종사로 교장을 겸하고 계셨던 중앙불교전문학교(현재의 동국대학교)에 입학을 알선해 주시던 일. 그러나 그 뒤 나는 그분의 이 학교마저도 제대로 다 마치지를 못하고 흐지부지 이분의 속만 상하게 해 드리다가 10년쯤이나 방황하느라고 이분을 영 찾지도 않고 말았던 일.

1947년 가을 내가 처자식을 가진 몸으로 그분의 만년의 숙소였던 정읍 내장사로 아내와 함께 문안을 드리러 오랜만에 갔더니, 그래도 내가 한 시인이 되어 있는 걸 늘 기대하셨던 듯 반기시며 "아직도 햇발이 저리 남았는데 벌써 가려고 그러나?" 하고, 툇마루에 아직 남아 깔린 황혼의 햇살을 손가락질해 연거푸 우리 내외의 하직하는 걸 만류해 앉히시던 일. 그러고는 오래잖아 저승 드신 일……

내 마음속 첩첩이 쌓인 이런 기억들이 불러일으키는 그분의 도애의 깊이 속에 내가 파묻히게 되면, 나는 어느새인지 그래도 살 맛과 힘을 어느 따분함 속에서도 다시 찾게는 되고, 이게 또 내 시정신의 제일 좋은 부분도 불러일으켜 울리는 것이다.

그래 나는 그분이 알선하여 입학했던 학교를 다닌 덕택으로 이 학교에 벌써 20년이나 교수로 있으면서, 시인 노릇도 하면서, 이분이 내게 다리 놓아 만들어 주신 인연에 때로 기막혀 하는 사람이 되어 있는 것이다.

이것이 왜 사랑의 기적이 아닐 수 있겠는가. 이분이 지금 내 옆에 육신 가지시고 살아 계신다면 일백 하고 또 여섯 살인가 되실 것이다.

1975년 12월

봉산산방에서

구룡연을 보고 읊음 정미

觀九龍淵后絶句 (丁未)

오월 구룡연 기슭에

달린 폭포 장관이로다

돌아와 배 위에 누우니

맑은 바람 삼일의 가을일세

五月九龍峽 壯觀懸瀑流

歸臥船潭上 淸風三日秋

옥보대에서 두 구절 갑인 삼월

玉寶臺二絶 (甲寅三月)

옥보대는 비었는데 철쭉만 붉고
숲 끝 석양빛은 차츰차츰 저물어라
돌집 붉은 부엌 물을 곳 없는데
찬 솔에 의지할 때 골마다 바람일세

玉寶臺空躑躅紅　林端夕照太匆匆
丹廚石室問無處　晩倚寒松萬壑風

꽃비 처음 갤 때 연기에 젖어 들고
가늘게 흐르는 샘 거문고 같구나
먼 허공에 학은 빙빙 돌아 날고
밝은 달 선방禪房에 환히 비치네

花雨初晴欲濕烟　瑤琴歷歷細流泉
翛然遲得迴翔鶴　也宿禪房明月天

쌍계사 불일폭포를 보고

雙溪寺佛日瀑有吟

폭포를 바라보다 봄 가는 걸 잊었구나

떨어지는 복사꽃에 눈길이 새로워라

학은 허공을 돌아 돌 기운을 뒤집는데

용은 물을 뿜어 하늘에 띠 둘렀네

한나절 바지 걷고 돌벽을 읊을 적에

쌍계 옛 친구가 술까지 보냈구나

시냇길 다시 찾아 새긴 글자 더듬을 때

붉은 안개 숲을 덮어 갈 길을 잃었구나

貪看飛瀑不知春　亂落桃花着眼新

峰鶴逗空翻石氣　潭龍噓雨忽天紳

褰衣半日吟蒼壁　送酒雙溪感故人

磵道更尋殘拓字　紅霞籠樹失歸津

달밤 육조탑을 참배하고

六祖墖月夜得襟字

대 이슬 찬 기운 옷깃을 적시는데

낮처럼 달은 밝고 종소리도 끊겼구나

향기로운 바람결 꽃길을 쓸고

탑 그림자 가만히 물소리를 가르네

냇물은 얽혀져 소리가 움직이고

장명등 외롭게 누각을 비추이네

바람도 고요한데 물결이 일고

고금에 이는 정을 견디기 어려워라

竹露泠然翠滴衿　月明如晝已鍾沉

香颸暗拂疎花徑　墖影才分積水心

磵戶縈喧聞蟄動　禪樓孤耀見燈深

無風底處誰吹浪　菱鏡堪憐絶古今

다시 채석강에 와서

重到采石江

돌마다 영롱하고 물결은 하늘을 치는데
갈매기 번듯번듯 흰 모래에 앉았구나
허공의 푸른 연기 위생도蝟生島를 둘렀고
구름 사이 피리 소리 배에 들려오누나
벼랑의 나무들은 비에 견디기 어려운데
머리에 서리털은 몇 번이나 거듭 왔나
봉래산이 지척인데 누가 인간의 허물을 벗을런고
쌍으로 뾰죽한 마이선馬耳仙에게 멀리 절하노라

萬石玲瓏浪拍天 翩然白鳥坐澄邊
空翠和烟蝟生島 斷雲聞笛𧬤吹船
多雨難支層壘樹 幾霜重到白頭年
蓬山咫尺誰蟬蛻 遙禮雙尖馬耳仙

월명암에서 자면서

宿月明庵和前韻

싫도록 갈대 언덕을 보다가

반쯤 하늘 꼭대기 올라서다

신선 두 봉우리 구름 밖에 멀고

학명鶴鳴은 맑은 꿈에 들었는데

꽃 같은 세 봉우리 달이 지지 않으니

높은 땅에 연꽃이 피어나고

꽃과 나무들은 집을 둘러 우거져

등 없어도 밤빛 스스로 밝았어라

厭觀蘆葦巷 躡頂半天行

雙仙*雲逈碧 孤鶴**夢偏淸

三英月未落 高地蓮猶生

花木圍新屋 無燈夜自明

---

* 峯名

** 主人鶴鳴

작약이 활짝 핀 오월

芍藥花五月盛開

동쪽 시냇가에 구름이 일렁이고
깊은 산 봄 지날 때 바람 불어라
해당화 늦게사 벙글기 시작하여
달을 사이 두고 서로 붉음 시새움한다

香雲嬝娜浸溪東　管領深山春後風
晩有海棠初罷睡　也難鬪諍隔墻紅

노랗고 붉은 꽃잎 동으로 흐르는데
예쁘고 고운 것을 바람 헤치며 사랑하다
한밤중 비는 어이 불어치는고
새싹 남은 꽃잎 상할까 두려워라

姚黃魏紫總流東　愛爾嫣婷披晩風
委折何妨中夜雨　獨悲衆卉壓殘紅

약사암 가는 길

薬師庵道中

전나무 비자나무 그늘져 오월도 서늘해라

연기 깊고 시내 겹쳐 길은 어이 길단 말고

종소리 메아리에 바위마다 푸르르고

물 건너 백련암에 사람 말이 향기롭다

檜榧陰陰五月涼　烟深溪複逕何長

鍾疎溜響千嵓碧　隔水白蓮人語香

약사암에서

藥師庵

파초에 바람 이니 부처도 서늘하다
맑은 샘 물보라가 위에서 뿌리는구나
이름 새긴 돌부리에 구름이 일고
떨어지는 꽃잎 속에 손의 옷도 향기롭다

綠蕉風動佛軀涼 上有飛泉灑雨長
題名聊看雲起處 林花如霰客衣香

월명암에 피서 중인 조효산(동로)에게 부치다

寄月明庵趙曉山(東老)避暑中

주장자를 날리면서 월명암에서 돌아와

조효산의 풍도가 높단 말 들었네

김제 땅 돌 시내를 두루 다 보고

구름과 숲 속에서 홀로 선방 찾았네

물결 꿈속에서 서로 안다 놀랐는데

저문 비 등불 아래 옛 얼굴을 비추네

가만히 생각하니 십오 년이 지났구나

푸른 성 가을 새벽 환약을 먹었도다*

虛公飛錫月明還　喜聽風高趙曉山

絶游金馬石渠外　獨訪枯禪雲木間

滄浪殘夢驚華胥　暮雨孤燈照舊顔

暗憶前塵年十五　碧城秋曉餌紅丸

---

* 신축년 중추에 효산을 김제 향교에서 만났다. 갑자기 급한 병이 나 환약을 먹였더니 다음 날 깨어났다. 생각하니 십오 년 전 친구였던 것이다. 辛丑中秋訪曉山於金堤鄕廨忽爾病急餌我香丸而明日甦還想已十五前年耳

새 가을밤에 앉아

新秋夜坐

이슬 밑 맑은 하늘 달은 밝아 물결치고
구름은 물과 같이 뜰에 가득하여라
어지러운 가을 꿈 거둘 길 없어
명산대천을 몇 번이나 돌았는지 모르겠다

露下涼天月始波　梧雲如水滿庭多
紛然秋夢難收得　環海名山第幾過

비 갠 뒤 푸른 산은 비었는데
눈 떠 보니 가을 물 맑기도 해라
구렁에 바람 일고 은하수도 뚜렷할 때
글 읽는 소리 소리 등잔 속에 파고드네

雨晴棋動碧山空　病眼捲華秋水中
斷壑風生明漢見　讀書聲自剔燈紅

나그네 화산서 와 판자문을 열 때
서늘한 바람결이 숲을 흔들고 초승달이 비치는구나
애석하다 어젯밤 거센 풍우
난초꽃 꺾어 놓고 젖어서 날지도 않네

客自華山款板扉　新涼撼樹月生微
絶憐昨夜狂風雨　倒折蘭花濕不飛

남소 청엄 두 도사와 같이

共南韶淸嚴二道士吟

좁은 산 맑은 물에 그림자가 비꼈는데*
서늘한 바람결은 기슭을 지나 창으로 들어온다
봉우리 밟으면서 달을 가리킬 때
등잔 앞 찬비 소리 다시 들리네
나는 본래 우둔한지라 부처님께 부끄럽고
두 분은 형제같이 소동파를 닮았구나
하늘 향기 사람 기운 다투어 떨칠 때
두렵노니 이 소식이 퍼질까 걱정일세

鏡水壺山影影斜 淸風過峽入牕紗
俄躡孤峰談指月 更聽寒雨並燈花
石竇鈍鋒慚佛印 鴒原佳話並蘇家
天香人氣爭相拂 恐把玆游海外誇

---

* 두 도사는 여산과 강경 사이에 거처한다. 礪山江鏡間居

금봉 기우 만송과 잔을 기울이면서

與錦峯杞宇晩松小酌拈韻

다리마다 땅거미 들고 거리에 종소리 들리는데
집들은 층층으로 눈 멎은 뒤 분명해라
시의 뜻은 점점 서쪽 소식으로 기울고
즐거운 인연으로 모름지기 옛 친구를 대하는구나
매화 첫 봉오리 낮은 향기도 잊었는데
어디서 피리 소리 달무리에 젖었구나
언젠가 다시 만나기를 기약할 적에
강에는 구름 일고 서리 묻은 나무 아득하여라

六橋薄暮聽街鍾　棚屋明分雪後容
韻趣偶同西雅集　歡緣須對故人峰
不知香暗梅初綻　驚怪簫生月復籠
勞我名園重會約　紅雲霜樹暎重重

윤우당에게 중양절에 잔 기울이며 답한다 병진 구월

和尹于堂重陽韻（丙辰九月）

버릇없는 국화는 흰머리를 비웃는데

남은 날 난간에 의지하여 수심이나 이겨 볼까

친구가 산중에서 보낸 술이 늦었는데

찬 기러기 메뚜기는 강 위에 날고

제비가 돌아갈 때 감회를 막기 어려워라

막힌 정 쌓인 회포 풀어내기 어려운데

한 움큼 구절초를 누구에게 줄 것이며

떠 있는 이 마음을 거둘 길이 막연해라

無賴黃華笑白頭　凭欄殘日可勝愁

故人遲送山中酒　塞鴈初蜚漢上秋

逐物那禁燕辭去　關情非獨租難酧

茱萸盈掬爲誰贈　漂海斷蓬漫不收

윤우당의 시

原韻

몇 번이나 중양을 지나다가 머리 문득 희었구나

별다른 고비 없이 수심을 견디었네

국화를 보는 마음 해마다 다르고

석양에 나는 티끌 가을 한 빛뿐이로다

말달리던 영웅들도 간 곳이 전혀 없고

재자가인들도 수작 다시 끊겼는데

아득히 남쪽 하늘 기러기 날아

하늘가 끝없이 멀어져 가네

得幾重陽便白頭　並無風雨也堪愁

黃花動作經年別　落照虛憐一色秋

戲馬臺空渾不住　司勳才絶更難酧

冥冥只見南蜚鴈　直到天涯未肯休

* 편집자 주 — 이 시는 윤우당의 시이다.

금봉 상인을 추도함 구월

追悼錦峯上人 (九月)

강남에 가을 깊어 나뭇잎도 성근데

임 공이 한번 간 뒤 달만 환히 비치는구나

조계의 바른 법을 누가 감히 이을 것가

책상에 많은 책들 흩어져 어지럽네

못에 핀 흰 연꽃과 고목 하나뿐인 것을

홍매 피던 후원도 황량하기 그지없고

이십칠 년 맺은 정이 구름처럼 허망하여

서릿밤 첫새벽에 나는 홀로 울고 있소

秋盡江南葉正疎 林公一去月空餘

家珍誰續曹溪鉢 香案漫飛四海書

白藕野塘唯古木 紅梅深院便荒墟

雲歸二十七年契 感泣漢山霜曉初

한강 두포사 시회에서 정사 삼월

漢江之斗浦寺詩會 (丁巳三月)

봄 강물 잔잔하고 절 연기는 맑은데

친구들은 서로 웃다 차마 걷지 못하는구나

선탑에 날리는 꽃 천녀처럼 아름답고

언덕에 늘어진 실버들 벗의 정이 얽혔는데

석양 옛 정자에 갈매기만 잠기는구나

푸른 북쪽 봉은 산정기가 일어나고

닭 소리 아득하게 하늘 밖에 들릴 적에

어부들 나무꾼들 강 저편으로 건너가네

春江滑笏寺烟淸　相笑諸君不惜行

榻半花飛天女氣　芳堤柳繫故人情

斜陽亭古狎鷗沒　直北峯靑太華生

相應鷄聲莽蒼外　漁樵競渡漢南城

중향정 시회에서
衆香亭詩會

단풍 숲 쇠잔하고 첫눈이 내리는데
흩은 걸음 칡넝쿨에 잠깐도 편치 않네
눈 속에 나비들은 향을 안고 죽었으며
기러기는 아직도 발톱 자국에 놀라는구나
상기도 첫얼음에 솜옷 벌써 생각할까
따뜻한 술 한잔을 낙목 사이 마실 적에
중향정 좋은 경을 쉽게 알 것 같구나
더구나 깊은 밤 등불 돋우며 취한 얼굴 돌아보는 멋

楓林殘盡雪初山　散屐飛藤未蹔閒
寒花已見抱香死　征鴈頗驚留爪還
弊裘誰戀始冰際　薄酒猶温落木間
怕此衆香容易解　深燈更挑顧酡顔

내장산 입구 무오 삼월

內藏山谷口 (戊午三月)

산골 첫머리 봄이 깊어 이거 바로 내장인데

천 그루 복사꽃에 땅거미가 내리는구나

신선의 도량이요 부처의 자취 어찌 말로써 나타낼까

한길 붉은 안개를 길게 기록할 수 없네

峽口春深是內藏　桃花千樹暗斜陽

仙源佛躅休饒舌　一路紅霞不記長

문향시사에 초대받아 청량관에서 짓다

聞香詩社見招淸涼館作

늦은 봄 사월 하늘 아직도 쌀쌀하다

숲에 나니 완연히 나이조차 잊을레라

상기도 닦는 마음 가는 티끌 못 놓았지만

물질 어찌 눈앞에 지나감을 방해할 수 있으랴

영롱한 구름 가락 누가 부르는 것일까

가슴을 헤칠 적에 푸른 버들 이어졌네

더구나 맑은 벗이 이 모임에 오셨으니

산기운 진실로 신선 하나 더했구나

春後難消浴佛天　出林莞爾忘松年

禪心縱未黏泥絮　物色何妨過眼塵

誰唱玲瓏碧雲曲　且開襟抱綠楊連

且招淸照來斯會　活盡眞成添一仙

강청운과 여름을 보내며
題姜菁雲銷夏錄

남쪽 언덕엔 솔과 계수나무 북쪽 냇가에는 꽃이 한창 피었구나
누가 그대의 남은 슬기를 가져올까
중향에서 맺은 싹이 등잔 앞에 감감하고
성근 비 빈 성터에 본 소식이 울리는구나
붓끝으로 쓰는 말이 늙을수록 더 굳세도
요임금 그때 글을 요즈음은 볼 수 없네
시냇가 다리 위에 웃고 이야기할 때 고기들도 즐거워하는데
비야성 유마힐이 병상에 누운 것 말하지 말라

南岡松桂北磎花 輸與雲公慧後牙
衆香結穗青燈暗 疎雨空城鳴自家
筆底詞闌老更强 不見今日又堯章
溪橋譚笑魚忘樂 休道毘耶示病床

석왕사 종소리 듣는 느낌 세 구절 기미 유월

宿釋王寺聞鍾有感三絶 (己未六月)

새벽 종소리에 일어나지 않은 지 십 년인데
미친 듯 버들개지 따르고 연기 쫓아다니었네
산사의 창에 와서 솔바람 속에 자니
빈 골짝 하늘 우는 소리 골에 가득 전해 오네

不起晨鍾已十年 顚狂逐絮復和烟
山窗來宿松風裏 虛谷噌吰天籟傳

물소린지 빗소린지 분명치 않구나
머리 들고 멀리 보니 새벽 벌써 밝았어라
시원한 바람 날 듯싶어 바다에 배 뜬 것 같고
뜨거운 삼복더위 나는 전혀 모르겠네

溪聲林雨未分明 矯首重看曉已晴
涼澗如騰滄浪艇 不知世熱是中庚

촛불 희미하고 옛집이 깊었는데

샘솟는 흰 물방울 푸른 숲을 씻는구나

뽕나무 아래 맺은 정 향기로운 인연 무거운데

어찌 영양의 자취 찾을 수 없게 하는가

佛燭已微古殿深　泉翻雪白灑青林

情知桑下香緣宿　寧遣羚羊沒可尋

경운 큰스님 회갑을 맞아

追和擊雲匠伯甲讌韻

조계산 제일 가람

하늘 꽃 고운 비에 문이 아직 닫혔구나

가는 바람 밭두렁에 향기 더욱 불어나고

남은 눈 뜰 가운데 대순이 솟는구나

날카로운 말씀은 누구보다 뛰어나고

거룩한 스님 사이 부처님 비슷하네

후생들 가르침에 믿을 곳 없어

영산의 마지막 말 다시 두드리나니

管領溪山第一園 天花暎雨未開門

微風九畹滋香祖 殘雪中庭見竹孫

舌底機鋒過覺範 座間龍象似慈恩

晩生汗逐終無賴 更叩靈山最後言

명식 사미를 일본으로 보내면서

送明湜沙彌渡日本

윤달 가을에 어린 너를 일본으로 보내는데

이슬방울 희어지고 더위 점점 식어지네

숲속의 한가한 삶 편치를 않아

발우와 병을 들고 바다 위에 떠서 가네

가슴에 하기 어려운 말 푸른 대를 이루고

눈앞의 화려함이 물욕에 젖을세라

일본에 가 닿으면 구름산이 막더라도

머리 돌려 이 땅을 부디 잊지 말아 다오

孺子東游閏月秋　露珠初白炎官收

簞瓢不屑林間坐　甁鉢飄然海上流

胸次難言成翠竹　眼華容易着紅樓

櫻洲直到雲濤隔　回首能忘槿一丘

영평 길가 신위사 산방에 자면서
永平途中宿申韋史故山居

서너 번 강을 건너 숲속으로 들어가니
개 소리 닭 소리가 십 리에 들리는구나
벽 밖 뒤원에는 마름이 무성하고
돈대 위의 풍경은 오동나무 그늘일세
물 건너 벼 향기 가을 하늘 맑았는데
난간의 술기운은 손의 마음 넉넉해라
늦게 만난 인연이나 옛 친구 같고
흰 구름 그윽한 돌 모두가 이웃일세

涉江三四始登林　十里相聞雞犬音
張壁園亭留芰製　謝墩風致見桐陰
稻香隔水晴秋日　酒氣凝欄款客心
向晩佳緣如會得　白雲幽石共隣尋

금수정에서 박사암에게 드리는 글

金水亭次朴思庵前韻

금빛 모래 비치는 데 집이 하나 서 있구나

풍물은 의연하게 옛 늙은이 다스리고

젓대 소리 들리는 듯 학도 길을 잃은 듯다

연기 구름 한데 섞여 오히려 평평하고

산골에 소 누웠고 단풍 숲이 어두워라

해오리 나는 물가 작은 배가 분명한데

돌에 앉아 고개 숙여 양봉래의 글씨 볼 때

가는 파도 귀밑을 적시고 두 눈 더욱 밝아지네

金沙暎碧有疎楹　風物依然古老營

似聞笙鶴迷蓬島　堪咲烟雲殢尙平

黃牛峽斷靑楓暗　白鷺洲分短艇明

掃石低看楊子墨　微波濕鬢眼雙淸

수락산 내원암에서

水落山內院庵口號

깊은 가을 차가운 단풍 바람 귀밑털이 날리는데
산기슭 짚신 신고 사다리를 올라간다
맑은 시냇물은 옥이 떠는 소리 내고
잿마루 바윗돌은 관을 쓴 선비 같다
마을 연기 산 밤은 인간세계 떨어졌고
절밥 맑은 종은 숲속에도 넉넉해라
푸른 산 앉아 볼 때 석양까지 깃들었고
달리는 내 마음이 경치 찾아 즐거움 잊네

深秋華髮暎楓寒　斷磴連棧躡屩難
澗流淸淺鳴金玉　峰石崢嶸整笏冠
村烟紅栗人間隔　寺飯淸鍾樹裏寬
坐看蒼山含落照　騁懷搜勝不知歡

보개산 심원사

寶蓋山深源寺

단풍 시절 지나간 뒤 새벽 산이 푸르른데
법당 문을 활짝 여니 그림병풍 친 듯하다
천불이 광명 놓은 깨끗한 이 성지에
쌍비 그림자는 냇물 속에 잠겼어라
우뚝우뚝 섰는 바위 첫눈이 보이고
거센 솔바람은 솔 밖에 들리는구나
우리 일행들이 여기 온 때를 맞춰
국화와 밝은 달이 뜰에 가득하구나

楓林紅盡曉山青 琳殿新開似畫屛
千佛光回乾淨地 雙碑影倒激湍汀
森然嵓笏雪初見 贔屭風潮松外聽
借得吾行及時早 黃華明月可中庭

돌대

石臺

백 층 바위 꼭대기

가로놓인 외로운 암자

산등성이 하나로 예맥이 갈라지고

구름바다에 만과 형이 이어지네

달린 액자에 놀란 무지개 꿰었으며

잘려진 빗돌엔 이끼가 끼었어라

전설 얽힌 옛 우물마루

부처님은 벌써 가부좌 틀었네

百級層岩頂　孤庵若爲橫

巒嶂分穢貊　雲海接蠻荊

扁額驚虹貫　斷碑已蘚生

有言古井頂　佛躍跏趺成

화적연에서
禾積淵

화적에 바위 높아 위아래 깊은 못을
차가운 단풍가에 물소리 그치지 않네
여울가 사람 소리 등불이 흩어지고
깎은 듯 가파른 벽 기러기는 아득해라
궁벽한 곳이라 도잠陶潛과 사객謝客 만나기 어렵고
머리 희어지니 상장向長과 금경禽慶을 애석해하네
모랫벌 바람 일어 가을 하늘 저무는데
멀리서 흰 구름 속 신선에게 절하노라

禾積嵩高上下淵　江聲不盡冷楓邊
別灘人語燈流市　峭壁枝寒鴈沒烟
地僻難逢陶謝手　霜侵偏惜向禽年
明沙風起秋天暮　遙禮白雲庵裏仙

부연 길가에서

釜淵途中

삼부연이 어드멘고

중들은 만산에서 왔네

화연을 찾아간 뒤

하염없이 한밤중 돌아가네

何處是三釜 僧破萬山來

爲訪禾淵去 無端五里廻

삼부연에서

三釜淵

세상 연기 떠난 언덕
석벽에 높은 바람 인다
새들은 푸른 물결 밖에 울고
아이들은 헤엄 한창 치는구나
빈 소리 못에 울리고
뜨거운 볕 무지개 인다
나그네 휘파람 길에 흩일 때
짙은 잎 동쪽 골이 깊기만 해라

暫離烟火岸 上壁立閬風
鳥哭蒼波外 兒泳漲沫中
聲空潭應皷 光曝脊騰虹
回嘯訪源路 葉深幽谷東

용화산 마을에서

龍華山村效古

삼부의 물을 옛날에 떠난 다음

이제 다시 용화에 올랐구나

산마을이 즐비한데

개는 짖고 국화 피었네

눈썹 흰 늙은이 만날 때

말없이 주장자뿐일세

昔別三釜水 更登龍華山

山村成櫛比 犬喞菊花還

逢着白眉老 柱杖但無言

저물어 백운산사에서 자다

暮宿白雲山寺

칡넝쿨 붙들고 물 따라 올라가 흰 구름 속에 앉았으니

삼생의 신선 인연 내 스스로 웃는구나

늙은 스승 약을 캐러 어디로 갔는지 알 수 없고

난가爛柯에 맑은 가락 문득 그대 만났구나

시냇가 아낙네는 옥처럼 곱고

옛 벽 푸른 이끼 모두가 전각일세

한세상 뜬 걸음이 돌아보매 부끄럽고

잎 떨어진 찬 산에 해가 막 지는구나

逐水攀藤坐白雲　仙緣自笑抵三分

採藥老師不知處　爛柯淸唱忽逢君

園丁溪女何冰玉　古壁蒼苔總篆紋

一世浮由多感愧　寒山木落日初曛

조계폭포

曹溪瀑

성난 파도 돌 뼈를 뚫고

맑은 메아리 높은 숲에 울리네

누구라 삼연의 교묘함을 말하며

만폭의 깊음을 다툴 수 있으랴

멀고 아득한 겁에 날리고

갈고 닦아짐이 하늘마음 보는 듯다

어찌면 영산의 신과 인연 맺었는지

거듭 달밤의 소리를 듣노라

怒波穿石骨　淸遠響高林

誰讓三淵巧　堪爭萬瀑深

崩騰平浩劫　洗鍊鑑天心

那締靈山社　重聽月夜音

수동 길가에서

水洞道中

아침나절 눈 개인 흰 구름 사이를 떠나

매봉우리 칡냇물을 지나 돌았네

푸른 절벽을 다시 건너서

돌문을 겨우 나오니 바로 여기 계산*인 것을

朝辭晴雪白雲間　鷹嶂葛磎都過環

陡壁交蒼明古渡　石門纔脫是鷄山

---

* 地名

영평 고을 서당 온강재 주인에게 드림
宿永平縣塾贈温剛齋主人

명산의 저녁 이야기 더욱 아름답고
묵은 도담 새벽에 듣기 기쁘도다
바람은 오히려 더욱 맑기만 한데
도포 자락 뜰에 가득 거닐고 있네

名山嘉夕話　古道喜晨聽
風教尙能淑　青衿趨滿庭

금수정에 다시 올라

重登金水亭

계산에 다시 오니 기쁘기 그지없다

놀란 해오라기 정자를 돌고

가는 비 한가한 정 마른 잎을 울리는구나

흥망이 실린 외로운 배 강기슭에 매였는데

물은 점점 차가웁고 낚시질도 파했구나

술 향기 가시지도 않았는데 신선경이 펴졌으니

그대는 낮은 소리 한번 읊어 보사이다

여기 다만 고기 떼들 난간 밖에서 들을까 걱정일세

歡喜溪山重到青　驚眠鷗鷺近環亭

關情疎雨鳴枯葉　敗興孤篷掛別汀

江氣稍寒知釣罷　酒香未捲認仙經

請君得句低聲唱　恐攪魚龍檻外聽

소요산 자재암에 머물면서

投止逍遙山自在庵

좁은 길 겨우 뚫려 나무다리 지난 다음

옥 궁전이 완연히 구름 속에 잠겼구나

돌 기운 창에 비쳐 언제나 밝은 달 같고

쏟아지는 물결은 돌에 부딪쳐 골에 가득 봄인 것을

조화의 싱그러움 절승을 감춰

탕자들이 고요 깰까 그거 두렵네

원효 스님 사라진 빈산 아득한데

꽃비는 어쩌자고 이 밤에 내리는고

鳥道纔通過棧橋　琳宮宛在碧雲消

石氣投窗常月曙　瀑流激石谿春潮

剛喜化工藏絶勝　偏嫌蕩子破閒寥

曉公不作空山暗　花雨誰能感絳霄

김성석(정순)이 풍악에서 북림을 방문할 때 같이 읊음 경신 구월

金惺石(鼎渟)自楓岳來訪北林共賦 (庚申九月)

깎아지른 절벽 바랄수록 높은데
말 막힌 지 여러 해에 문득 만나 기쁘구나
낡은 나막신은 강과 풀을 다 밟았고
긴 눈썹에는 아직도 풍악산이 비치는구나
우리들 십 년 동안 그리던 정 돌아보매
삼산에 가고 옴을 마음에 맡기는구나
북림 저문 비에 꿈속에도 이야기 피는데
옛 친구 반이나 벌써 고인이 되었구나

蒼稜石骨望巍巍 緘口多年喜忽開
缺屐漸消江草盡 修眉更暎岳楓廻
顧吾十載慚幽戀 輸子三山任去來
暮雨北林話前夢 故人太半化蒿萊

달성 관풍루에서 더위를 보내며

達城觀風樓納涼有吟

못가 달무리 여기가 달성인데

누각에 굽어보니 가는 연기 개었구나

해는 주령을 넘고 흰 구름 외로이 떠 있는데

갈매기는 금호강 양쪽을 갈라서 나는구나

난간에 의지할 때 복더위도 잊어지고

옷깃을 헤친 대로 짐짓 버들 그늘이 더디어라

서 선비 옛 별장을 동산 첨지에게 물을 때

멀리 까치 날고 우거진 고목을 가리키네

月暈池臺是達城　風樓俯看市烟晴

日斜珠嶺孤雲白　鷺割琴湖兩岸明

憑檻難分庚熱劇　披衿故遲柳陰傾

徐卿古墅問園叟　遙指藏鴉古木橫

언양 길가

彦陽途中

좋은 꽃 괴이한 돌 서로가 향기로운데

강 길은 굽어 굽어 그림처럼 길구나

해 질 녘 술집들은 곳곳에 벌였지만

자은을 스스로 웃으며 차마 잔을 못 들레라

名花怪石並輪香　江路逶迤活畫長

斜日靑帘處處店　慈恩自笑不飛觴

울산 반구정에서 자면서

暮宿蔚山伴鷗亭

새 정자 말쑥한 학서산 기슭
하늘 밖 딴 세계 열려진 줄 몰랐어라
긴 바람 흰 돛대는 봉래 영주를 지났으며
줄지은 숲 맑은 냇물 경주 울산 사이로다
잿마루 구름 일고 마을은 흰데
별들 남은 빛은 나그네를 비추는구나
갈매기 산새들은 서로 얽혀 날다가
어쩌자고 옛 물가에 모여 돌아 다시 드나

新亭縹緲鶴棲山　不料天外拓別寰
長風帆轉蓬瀛外　行樹蹊明慶蔚間
雲生斷嶼連村白　星繼殘暉照客還
鷗鳥爾應無係戀　廻翔何集古汀灣

금강산 비로봉에서 비를 만나다

遇雨金剛山毘盧峰

천신만고 끝에 구름 밟고 올라서니

돌과 산봉우리 눈 흘기며 비를 뿜네

은빛 바다가 넓고 넓어 좁은 땅도 없는 거기

나를 잊고 앉은 곳이 제일 높은 꼭대길세

備嘗千苦躡雲廻 峰石睍人噴雨來

銀海漫漫無寸土 却忘坐處是高抬

이난곡 초당을 방문하기 위해 벽초 위당과 함께 남쪽을 순회하던 시초를 내장사 가락에 부쳐 읊은 것

임술 사월

訪李蘭谷草堂覽碧初爲堂南遊詩草屬和內藏寺韻 (壬戌四月)

두 사람이 멀리 순회하는데

글줄마다 옛풍이로다

눈동자 별빛에 빛나고

삼매는 시 가운데 깨는구나

물 따라 구름은 발끝에 날고

중을 만남에 달은 난간에 있어라

봄 찾다 나는 짝을 잃고서

가을 단풍을 그릇 기록하는구나

二子遊方外 行行鳴古風

雙瞳迸星彩 三昧悟詩中

隨水雲生屧 逢僧月在櫳

賞春吾失伍 擬共記秋楓

이난곡의 원시를 붙임

附李蘭谷詩

그대처럼 즐겁게 노는 것이 부럽기 한없어라

냉연히 바람을 타고

시는 천 리 밖에 전하는구나

사람은 만산중에 있고

솟는 달은 금탑에 달렸으며

나는 구름은 돌난간을 둘렀도다

금보장을 넉넉히 들었으되

이것은 분명 지팡이에 단풍이 나는 것이로다

羨汝玆遊樂 泠然欲御風

詩傳千里外 人在萬山中

湧月懸金塔 飛雲遶石櫳

飽聞錦步障 應是杖生楓

---

* 편집자 주 — 이 시는 이난곡의 시이다.

늦게사 백운대에 앉아 중향성을 바라며
晩坐白雲臺望衆香城吟

향성 구석구석 열려진 것 보기 위해

석양에 홀로 백운대에 앉았구나

서역 중 발우 치며 자리에 올랐으며

선녀는 머리 풀고 허공에 잔 던졌네

박달나무 바람이 하도 좋아 내 늙은 것 잊었으며

돌에 이는 서늘한 기운 가을 될까 두려워라

꿈결 티끌 속에 머물면서

황혼이 골을 덮어 오는 것을 탄식할 뿐이로다

爲見香城歷歷開 夕陽獨坐白雲臺

胡僧擎鉢初升座 仙女散鬘空擲杯

可悅檀風忘我老 稍涼石骨惕秋廻

登斯猶贖塵寰夢 堪嘆黃昏半壑來

백탑동을 찾다

行尋百塔洞

백탑이 솟은 것은 처음 보는 장관일세

푸른 냇물 굽이굽이 진여를 연설할 때

구슬 같은 많은 섬을 누가 승타 이를 것가

구곡무이도 족하지는 못하여라

복사꽃 옛 어부 이야기 그릇 알고서

영취산 묘한 글을 생각하노라

붉은 샘 푸른 나무 엇갈린 곳에

한없는 흰 구름만 한가히 펴지누나

百塔森嚴見物初　青磎曲曲演眞如

十洲瓊島孰云勝　九曲武夷無足居

錯認桃花古漁記　儼思靈鷲妙蓮書

紅泉碧樹交光處　無數白雲閒捲舒

가을밤에 최육당을 방문했으나 만나지 못했음

秋夜訪崔六堂不遇

나무 그림자 쌀쌀하여 마름과 같은데

책 쌓인 누각은 완연히 물속에 있구나

쓸쓸한 마음으로 엷은 연기 속에 홀로 앉았는데

분명히 시는 서리 잎 사이에 울더라

樹影婆娑似藻荇　書樓宛在水中央

無憀獨坐澹烟裏　歷歷詩鳴隔葉霜

시원한 달 물결에 스스로 벌레 울고

외로이 '진천명'을 돌면서 읽노매라

집 이름 '서독'인데 사람은 돌아오지 않고

부질없는 인생이 공명 꿈꾸는 것을 웃노라

涼月起波虫自語　徘徊孤讀震川銘

齋名書讀人難返　堪笑勞生夢孔明

새벽 북림에 앉아

曉坐北林

창문에 서리 내려 새벽꿈이 엷은데

소소한 찬 잎사귀 닭 울음에 섞이고

십 년 나그네가 의지할 곳 없는데

누가 귀밑털을 가지고 때 묻은 고깔을 만들었나

紙被霜侵曉夢薄　颼颼冷葉伴鷄鳴

十年旅食太無賴　誰織鬢絲麤衲成

권혜산(항)을 만나 회포를 쓰다 갑자 이월

逢權蕙山(沆)書懷 (甲子二月)

세상을 초월하여 글 읊은 지 삼십 년에

등잔 앞 빗소리에 기이한 인연일세

눈과 비에 젖은 느낌 혜산은 늙었는데

구름과 샘물이며 돌 보기도 부끄럽네

아득한 세상일은 갈수록 분요한데

봄빛 아지랑이 말말이 신선인걸

흰 털 쇠잔함에 누가 항하를 보았으랴

느티나무 그늘에 앉아 모두가 망연할 뿐

碧骨吟風已卅年　漢燈聽雨又奇緣

感多雨雪蕙將老　慚負雲泉石自顚

卽事蒼茫泥滑滑　春光和靄語僊僊

鬢衰誰覺恆河見　坐久槐陰兩茫然

천마산 견성암에서

天磨山見聖庵

샘 하나 구름 갠 뒤 절 숲이 보이는데

향대는 고요하고 꽃잎 뚝뚝 지는구나

약 난간 푸른 돌에 옛일이 생각날 때

달을 가리키매 봉로의 마음일세

獨井雲晴見寺林　香臺寂寂落花深

藥欄石翠思疇昔　指月猶明鳳老心

사릉에서 옛일을 생각하며 지은 두 구절

思陵感古二絶

능 찾아 올라갈 때 철쭉꽃 왜 많은고
영월을 향하는 맘 소나무 너는 어떠한고
밝은 뜰 버드나무 다시 보는 이 가슴에
생각은 굽이굽이 사창 달에 도는구나

杜鵑花氣上陵多　向越*杉松意若何
復看暵階楊柳色　想廻殘月織牕紗

영미정 올라서니 눈물이 쏟아진다
비바람에 씻긴 세월 봄풀만 우거졌고
갈라진 시냇물은 한을 울고 흐르는데
나그네 짐짓 더욱 슬퍼만 지는구나

潁湄亭畔苦吟淚　雨洒年年芳草枝
滮滮金溪共鳴恨　故教行旅一般悲

---

* 寧越也

석상 상인에게 줌—책력풀로써 기록함

贈石霜上人 (以蓂莢記之)

돌 위에서 만날 적에 꽃비는 쏟아졌지

이십 년 깊은 정이 이제사 생기는구나

쇠잔한 달 외로운 성 무엇을 주겠는가

어지러이 책력이나 만들어 밝은 봄을 기록할까

相逢石上落花雨　喚起廿年雲樹情

殘月孤城何所贈　亂編蓂葉記春明

송파 관청비를 읊은 세 구절
松坡觀淸碑*三絶

백산의 왕의 기운 푸르게 뻗어 내려
교룡은 안개 뿜고 거북은 글을 이고
어리석은 유생들 오직 중국 큰 줄만 알고
미친 듯 통곡하다 필경 어찌 되었던고

白山王氣翠扶疎 螭吐淸霞龜戴書
儒輩唯知漢天大 狂吟痛哭竟何如

천지에 가득하던 비바람 꿈처럼 지나가고
비 하나 덩그렇게 초가 담장에 서 있구나
술 파는 계집이 흥망사를 어찌 아랴
한쪽 손 술 누를 때 강에는 석양일레

滿漢風雲已夢過 穹碑零在短墻家
壚姬那識興亡事 壓酒手招江日斜

---

* 병자호란의 수모를 기록한 비.

오랑캐 많은 군사 동으로 출동할 때

옥가마 강가에서 배에 가득 눈이로다

물결은 지금처럼 늦고 급함 없는 거기

두서넛 나그네가 누각에 의지했네

憶曾萬騎出東洲 玉轎臨江雪滿舟

輕浪如今無緩急 兩三客子倚風樓

남한산 무망루에서

南漢山無忘樓懷古

쇠잔한 봄 옛 대에 올라 휘파람 불 때

첩첩이 막힌 산에 강과 연기 아련하다

멀리 가는 바람 고기잡이 피리 소리 들리는데

문득 낡은 참호에 전쟁이나 이는 듯다

어지러이 붉은 철쭉 나막신이 묻히고

연녹색 느티나무 다시 잔을 떨치는구나

이 관문 깊은 사연 그대는 기억하는가

눈 내리는 아침 삼전도에서 항복기가 번득인 것을

殘春一嘯古城臺　疊嶂烟江黯不開

遙聽微風漁笛上　却疑荒壘戰雲來

亂紅躑躅深埋屐　淺綠槐楡更拂杯

殊甚關情君記否　雪朝三渡降幡廻

광풍루를 늦게 바라보며

光風樓晩眺

서상에서 흐르는 물 여울져 모인 그곳

나그네 흩은 걸음 길게 늘어진 누각 그림자

울다 노래하다 지나간 그 일 석양에 비치는데

차디찬 냇물은 함양으로 들어간다

尋眞西上合江瀨　徙倚光風樓影長

人哭人歌殘照裏　寒流滾滾入咸陽

엄천 길가에서

嚴川道中

푸른 냇물은 미끄러지고 나무 그늘 짙은데

엄천 시냇가에 옛 절을 묻는구나

하늘에서 꽃 내리고 법의 비는 소식 없는데

촌길 남은 눈에 내 마음을 보내노라

滑笏青溪萬木陰　問知古寺嚴川深

天花法雨無消息　殘雪村春自送音

실상사 늦은 개임

實相寺晩晴

강 건너고 다리 건너 첫머리 들어서니
돌장승 앞에 나와 먼 손을 맞는구나
활짝 열린 상쾌함이 찬 저녁에 늦었는데
정정하게 섰는 탑이 서산 바라 점두하네

涉江過棧入初地　石堠逢迎遠客還
蕭洒藍開寒日晩　亭亭鵠塔點西山

영원을 찾는 길가에서

訪靈源途中

마계는 스스로 울고 벽소령은 높았는데
눈 멎은 빛 쪼이면서 산마을이 벌어졌네
깊은 골에 나무 베는 소리 어디쯤 절이 있나
흐르는 물 자주 건너 영원사를 찾노매라

馬磎鳴自碧霄嶺 晴雪照人山有村
伐木聲深何處寺 泝流萬折訪靈源

벽소령에서

碧霄嶺口呼

바다 구름 해를 안고 하동에서 비치는데
산기운 훈훈하여 봄눈이 녹아진다
나무들도 양기 돌아 샘물 솟기 시작하고
잿마루 매화꽃도 꽃바람에 눈이 트이네

海雲啣日照河東　山氣和如春雪融
樹抄廻陽泉始活　嶺梅已覺胎花風

쌍계사

雙溪寺

화개 강 위 쌍계사는
흩어진 돌 얽힌 숲에 길 하나 깊었어라
참선하는 스님들 서로 만나 육조탑을 이야기하고
촌 늙은이들 아직도 진감국사를 말하고 있다
옛날 언젠가 나그네로서 달밤에 글을 외웠는데
석양에 그날 생각 가슴에 밀려오네
최고운 신선 되는 약을 일찍이 배웠더라면
구름 타고 학 둥어리 찾기 어렵지 않을 것을

花開江上雙溪寺　亂石疎篁一徑深
禪侶相逢南祖塔　老樵猶說國師林
昔年爲客誦明月　斜日整襟懷古琴
借得孤雲煉丹法　駕雲青鶴不難尋

화엄사

華嚴寺

강은 잔잔하고 푸르고 차가운데

화엄사 넓은 도량 활짝 개었네

서쪽 탑 너머로 동백나무 늙었고

눈 그친 다음 밥종이 더욱 맑다

시내 바람은 윗골짝에 불어치는데

스님들의 이야기 소리 남쪽 잿마루까지 들린다

빙긋이 웃음 짓고 대밭을 바라볼 때

옛 비에 섞인 정이 유연하구나

潺江寒更綠　華寺豁還晴

塔西冬柏老　雪後飯鍾淸

溪風吹上谷　僧語近南城

談笑看修竹　悠然古雨情

보조암 터에서

普照庵遺墟

병목처럼 좁은 골에 풀과 대만 무성하고
멀리 뵈는 누각 터에 연기 자욱 덮였어라
시냇물 산꽃들이 그때 일을 어찌 알랴
고요 가득 산중턱에 국사 음성 간 곳 없네

壺口蘙葳竹樹陰　樓墟淸遠但烟深
澗花那識當年事　寂寂難聞王老音

쌍계 돌문에서

雙溪石門

최고운 정말이지 속된 노인 아니로다

나보다 먼저 와서 쌍계를 차지하다니

돌문에는 석양이 붉고

앉아서는 푸른 이끼를 보노매라

孤雲非俗老　先我占雙溪

石門殘照赤　坐看綠苔題

가을 냇물 용연에서

秋川龍淵

무더기 꽃들이 서로 곱게 피는 곳에
바람과 폭포 소리 깊은 산을 울리네
보아도 또 보아도 말없이 차가웁고
뜸부기 섞여 날아 하늘가에 돌아오네

萬葩爭笑處　風瀑吹深山
瞪視寒無語　交翔鸂鶒還

홍류동 길가에서

紅流洞途中

한잔 술 깨고 보니 홍류폭포 여기로다

사월이라 꽃은 드물고 겹겹으로 쌓인 돌을

굽이굽이 흐르는 물 절은 어디쯤 있는지

모든 것 잊은 사이 산비는 나를 향해 내리네

一杯酒醒紅流瀑　四月花稀疊石臺

曲曲尋源寺何在　澹忘山雨襲人來

달 숲에서 자며

宿月林

모래도 희고 강도 희고 달은 숲에 비꼈는데

나그네 이야기들 집에 가려 안 들리네

한밤중 난간에 기대 잠은 추워 안 오는데

잎에 젖은 이슬방울 옷깃을 적시누나

沙明江白月橫林　客語難分板屋深

中夜憑軒寒不寐　露華翻葉欲沾襟

향산 보현사에서

香山普賢寺

서쪽 산 높고 높아 감히 가까이하기 어려운데

찬 구름 이슬비가 나그넷길 막는구나

까치 소리 들리는 숲 정자가 새로웁고

급한 골 맑은 시내 옛 소리를 끄는구나

빗돌 안고 초연히 지난 자취 생각할 때

향산 이곳에서 남은 생을 의탁할까

봉래 영주를 다 보았으나 적당한 곳 어디던가

북쪽으로 산과 물이 여기 바로 절정인걸

西岳岧嶢不近情　寒雲淒雨阻人行

鵲啣散木營新榭　谷汰淸溪搻古聲

抱碣悄然懷曩跡　聞香漫欲託餘生

都過蓬瀛奚取適　北來山水到斯精

분수령 — 정계비 있는 곳

分水嶺 (定界碑處)

압록강 두만강 양쪽으로 갈린 곳에

옛 비 희미하게 구름이 되려 하고

오라총관 말발굽 울리는 것 같구나

흰 매화 금꽃받침은 아직도 향기롭고

회오리바람 골에 불어 용의 울음 같구나

벼랑의 햇빛 기울어진 무지개 비는 문을 치는데

유월이라도 마치 늦은 삼월 같고

진펄 속 풀숲을 헤쳐 가며 글 찾네

長江鴨頭兩源分　短碣蒼蒼欲化雲

烏管馬蹄如昨响　蠟梅金蕚至今薰

谷飇吹雪龍吟峽　崖日傾虹雨打門

六月渾如三月暮　隰原芳草始披文

세 갈래 길로 돌아오다가 최찬송 군을 만나 또 곧 떠나다—천평에서

歸來三义路逢崔餐松君仍別 (天坪中)

원시 숲 황막하고 길은 세 갈래인데

반갑게 찬송을 만나니 때는 바로 한나절

잠깐 앉았다가 그대는 차츰 멀어 가고

나뭇가지 꺾어 줄 때 한은 다함 없어라

天林荒漠路三义　喜遇餐松正日斜

少坐不堪君更遠　一枝爲贈恨無花

삼호 위에 돌아와 자면서

回宿三湖上

한밤중 이슬 바람에

야윈 뼈가 추움을 못 이기겠네

숲에 비친 밝은 달 하도 정이 많아서

나는 빛 쏟아져 옛정에 비치네

한평생 산다는 것 갈매기 같아

물가에 모였다가 다시 날으네

생각하니 백 년이 꿈결인 것을

허물없이 맑게나 살아 볼거나

中宵風露襲　癯骨不勝寒

林月多情緖　飛光照古懽

生涯似鷗鷺　傍水翔集居

料得百年夢　無過此淸虛

새벽에 혜산을 떠나면서

曉發惠山

띳집 처마끝에 닭이 울고 퍼붓는 듯 비는 내리는데

사람 소리 말 소리 시끄럽고 강에는 파도 높이 인다

서쪽으로 가는 길 진흙에 다리 빠지는데

뜬구름 한평생에 괴롬이 더욱 많다

茅檐雞唱雨滂霈　人馬爭鬨江亦波

沒脛靑泥西渡路　浮生苦海一時多

칠월 보름 소요산에서 폭포를 보다

七月十五日逍遙山觀瀑

가파른 벼랑길을 몇 번이나 돌아 급히 쏟는 물을 밟았네
여기처럼 기이한 곳 일찍이 못 봤는데
창문에 닿는 물소리 들으며 한가로이 누워 있을 때
새어 드는 가을 소리 찬 베개에 소곤댄다

幾處攀崖趁激湍　絶奇如此未曾看
當牕濺沫閑窓臥　淅瀝秋聲諠枕寒

계룡산 길가에서
鷄龍山途中

산봉우리 뾰족뾰족 닭벼슬 같은데
푸른 숲 헤쳐 가며 쳐다보니 두계 서쪽
솔은 구렁을 막고 점점 산이 깊었는데
구름 흩인 바위들은 서로 같지 않은 것을
나래 접은 찬 까마귀 마을 돌아 모여들고
바람결에 벼 향기는 두렁을 지나간다
서너 번이나 물을 건넜지만 피곤을 잊었는데
미친 듯 스스로 웃을 때 소맷자락 낮아지네

中岳峭嶢似碧鷄　拭青瞻仰荳溪西
松遮斷壑轉幽邃　雲散穹岩橫不齊
差翼寒鴉村旋集　耐風香稻畝猶棲
四三渡水忘疲倦　自笑淸狂拂袖低

백악폭포
白岳瀑布

온 산이 가을인 줄 소리 듣고 깨달았네
부서져 흐르는 물 구을러 쉬지 않네
흩어지는 구슬방울 눈 뿜는 듯하고
붉은빛 샘물 거꾸로 쏟아지네

聞聲已覺滿山秋　况見奔湍轉不休
噴雪散珠皆錯想　紅泉自是倒懸流

부여 사자루에서 옛사람들을 생각하면서 팔월 십팔일

夫餘泗沘樓和前人韻 (八月十八日)

사자 긴 강물이 예와 같이 흐르는데
강기슭 연기 버들 수심을 일으키네
군데군데 낚시터 뭇 봉우리 명멸하고
꽃과 돌벼랑 끝에 잎은 벌써 가을일세
늙은 단풍나무 새가 쪼아 메아리 일고
나그네 회포 이길 길 없어 홀로 누각에 올라간다
홀연히 비바람이 몰아치기에
배를 저어 급하게 고란사로 내려간다

泗沘長江依舊流　汀洲烟柳喚新愁
釣臺明滅峰啣照　花石層懸葉已秋
鳥啄老楓空有響　客傷華鬢獨登樓
黯然風雨今猶作　惱殺皐蘭寺下舟

선운산 도솔암에 올라가다 을묘 사월

禪雲山上兜率 (乙卯四月)

바다산이 꺾여진 깊은 곳에

맑은 냇물 너댓 번 건너메라

꾀꼬리 울음 숲을 뚫고

풀 향기 길에 가득하여라

하늘을 찌를 듯 탑은 높은데

그 위에 도솔궁이 자리 잡았네

피리 소리 문득 들릴 때

드문드문 꽃 조각 흩날리는구나

산은 높아 태화太華 같은데

은하수는 태성台星에 가까워지네

뾰죽뾰죽 봉우리 올라가기 어렵고

종소리 경쇠 소리 쟁쟁하여라

하늘 음악 반공에 울려

옛 동굴 용을 불러일으키는구나

늙은 스님 선을 파하고

발 밖 난간 앞에 서성거리네

누가 부처를 닮았다 하랴

마치 흰 광명 놓은 것 같아라

솔은 스스로 굽어

구름에 뻗쳐 푸르른데

걸어서 용문에 올라가니

돌과 바위 아름답고 더욱 장해라

신이 웃는 것 같고

신중의 변상과도 같네

찬 샘에서는 푸른 구슬을 뿜고

굴마다 메아리 울려 퍼져라

옷 잡고 꼭대기 올라서니

붉은 햇살 물결처럼 굽이치네

海山折復深　淸溪四五渡

黃鳥穿樹號　綠香正滿路

妙高塔重重　上有兜率宮

鐵笛忽蜚來　落花自匆匆

中峯似太華　絶漢接台星

迢遞迴難攀　鏘然鐘磬聲

天樂奏半空　喚起古洞龍

老僧破禪寂　彷徨出簾櫳

誰拓十丈佛　儼若放毫光

長松自盤屈　直翻雲濤蒼

步屧上龍門　石勢最秀壯

深笑巨靈子　狡獪呈變相

冽泉噴珠翠　萬竅應空響

振衣躡于頂　日烘萬層浪

외로운 솔을 읊음—길고 짧은 구절

詠孤松 (長短句)

우뚝 섰는 푸르름이 그 누구인가
깨끗하기 유리처럼 산마다 눈일러라
버들이야 제가 어찌 저녁 바람 견디겠는가
물든 잎은 벌써 중양절을 지났구나
뜰 가 소나무 하나
성 북쪽에서 옮겨 와 길렀더니
속에는 푸른 산을 감추었으며
냇물에 씻은 몸 맑기도 해라
나무 심는 것이 어찌 아담스럽지 않으랴
북돋아 키우는데 껍질은 터지는구나
잎사귀 구름쪽 같고
가지는 쇠막대기 같네
찬 하늘 얼음이 쌓일 때
모든 것은 나오지 못하건만
홀로 서릿발 무릅쓰고
학처럼 흰머리 드리웠어라

티끌세상에 물들까 두려워 한평생 외롭게 살고
녹음과 더불어 벗하지 않고 항상 언덕에 혼자 섰노라
천성은 맑으면서 가락을 즐기고
한밤중 소소한 소리 강물결 같아라
일산같이 남쪽 창 앞에 서서
초동들의 해를 입지 않는다
낙락함이 참나무 같고
돌쟁이 눈 흘김을 받지도 않네
빛깔도 좋다지만 향기 또한 그러하여
복숭아 오얏 속에 홀로 항상 쓸쓸해라
문득 피는 매화꽃은 구름을 능가하고
섣달의 소식은 강남에 끊겼구나
네 껍질 마치 늙은 용 비늘 같고
층층이 선반처럼 굽어져 늘어졌네
흰 돌산 첨지가 그 가운데 누워
거문고를 만지면서 달 앞에 휘파람 부네

特立孤青者伊誰　淨如琉璃萬山雪

高柳何堪終夕風　霜楓已過重陽節

庭畔一孤松　移自北城截

藏而青山色　濯而流水潔

不嫺種樹經　封培多決裂

葉如數片雲　枝如三寸鐵

天寒冰山積　群動不敢出

獨自冒繁霜　皚皚鶴垂髮

恥入紅塵勢孤危　不令綠陰徧丘蛭

多爾天性淸而韻　半夜潮音似江浙

翳翳入夫南牕前　不被樵牧夭而札

落落逈夫櫟社隅　不受匠石睨而疾

色色總空香亦然　桃李園中何蕭瑟

鬱勃梅花淩雲筠　歲暮音信江南絶

會待爾作老龍鱗　層層架屋可盤屈

白石山翁臥其間　撫琴長嘯對明月

최동운 회갑을 축하하며 읊은 여덟 절구

賀崔東雲花甲讌八絶

그 근원은 철성에서 비롯하여

갈고 닦은 향기 세계를 덮었구나

선비의 가슴에는 붉은 피가 끓고

느티나무 그늘 낙락히 강에 비치네

高源初發鐵城頭 濯濯靈芝蔭十洲

一自侍中藏碧血 槐陰落落暎江流

비록 불법에 의지하지 않았으나

그대로 부처님 참모습인걸

격조 높은 늙은이들 많이 모인 곳

홀로 높은 문의 장자의 수레만 아니로다

不訪西來蔥嶺神 天然佛海是其身

招招野老多眞率 非獨高門長者輪

별빛 집에 비쳐 가난하지 않구나
보배를 책 속에 쌓은 자 몇이나 된단 말가
고량진미가 나에겐 아랑곳없고
약 뿌리 널어놓고 새벽에 앉았구나

金星耀屋不寒貧　貨殖編中第幾人
夕點牛羊量谷外　要看曬藥坐淸晨

새 학문 일어나매 옛 학문 경해지고
인간에 비바람이 잠깐도 멎지 않네
수만 권 서적들이 깜짝 사이 솟아나도
홀로 무지개 달과 같이 밤을 꼬박 밝히는구나

人文始重孔方輕　風雨人間未蹔晴
十萬書樓彈指湧　獨敎虹月夜深明

집은 석양 굽은 물 서쪽에 있고

늘어진 꽃 개와 닭 어지러이 흩이었네

종소리 거문고 쉬어진 다음 아이들 글소리 듣고

어찌 낡은 옷이 늙은 처에 부끄러우랴

家住斜陽曲水西　翳花鷄犬散難齊

鍾鳴琴歇聽兒讀　寧見牛衣媿老妻

아침에 난 봉황 세 마리 날고 싶어 몸부림치네

교묘한 말과 그린 눈썹 크기를 다투기 어렵고

험한 산 그대로 평범한 듯하나

이 언덕 짙은 숲이 더욱 푸르다

朝生三鳳欲翱翔　巧舌畫眉難鬬長

見說蜀山雖儘亢　漢岡林樾倍蒼蒼

쇠잔한 판국 퇴폐한 풍조 정말 감당키 어려워라
꽃과 향기에 취한 자들 달리고 자빠져도
동산의 무궁화 울타리의 국화로 만족하면서
홀로 풀섶 한강 기슭에 산다

殘局頹風不可當 眼花香醉走且僵
園槿籬菊生涯足 獨葆幽芳洌水陽

금은보배들도 구름 따라 흩어지고
겨우 동쪽에 쌓인 바람뿐인 것을
이거 분명 시나 그림 읊는 소리 아니라면
빛나는 그 절개 어찌 백 년에 그칠 것가

玉堂金馬趁雲空 賴有東雲蘊藉風
不是名公詩畫頌 聲輝寧止百年中

신라 돌경의 노래

新羅石經研歌

갈고 갈고 또 갈아 돌경을 다시 갈아
신라 화엄 돌경을 갈아 갈아 만들었네
조각돌에도 해인의 힘을 가졌으며
구름대 보배 그물선이 서로 섞였어라
푸른 돌 먹 자국에 무지갯빛 일어나고
빛과 빛이 얽힌 곳에 부처님의 한 소리를
등 밝은 높은 자리 문수보살 으뜸이오
초발심 모인 곳에 서로 보고 즐거웁네
향기로운 바람결 오백 간에 불고
날리는 꽃송이들 안개처럼 퍼지는구나
묻노라 이 석경이 어디서 왔단 말가
화엄사 옛 벽 속에 천년이 지났어라
맑은 모래 몇 곡조에 강물은 잔잔하고
푸른 바위 쌓인 곳이 두류산 분명하다
옥 사자 탑 그림자 소나무 밑에
붉은 가사 펄럭이며 스님은 돌아온다

각황전 한쪽 머리 깃발은 바람에 흔들리고
깎아지른 석벽은 더위잡기 어려워라
빛나는 금빛 벽은 정원 때 것이지만
화엄경 구슬처럼 금난간을 둘렀구나
김임보와 김일 무리 사경하나니
하늘도 글씨에 감응하여 꽃비를 쏟았어라
북궁 공주가 열 부질을 감출 적에
연꽃은 얼굴에 비치고 머리채는 드리워졌네
헌강왕이 먼저 깨달음의 길을 열었으며
운로의 발원문은 빛나면서 웅장해라
거룩한 스님들이 깊은 글을 외울 때
맑은 소리들은 돌도 능히 움직이고
보배 상자는 천 길 벼랑에 새겼구나
용과 하늘도 보호하기에 풀과 나무가 무성하고
먼 세월 바다 기운 가만히 남쪽을 기록하고
구슬이 가루되어 아득한 겁 지날세라

눈 부릅뜬 금강신이 비록 무섭긴 하나
중생 위해 언제나 안녕을 비네
공중의 밝은 달이 천 강을 비추어도
쳐다보면 달 하나 분명한 것을
기이한 돌들은 연기와 안개에 잠기고
봉성 돌아오는 길에 남은 영웅 찾는구나
진귀한 보배는 광주리에 감췄는데
바람 따라 북쪽으로 한수 가를 달리는구나
위창 거사는 방장실에 고이 앉아
빙긋이 웃으면서 반가이 맞아주네
손 씻고 공양 들고 팔짱 끼고 돌아오니
어찌 외를 가지고 구슬과 바꾸는 것 같으랴
매화 창문 아래 옥도끼를 휘두를 때
반쪽 갈라지매 벌써 우뚝 이루었네
몇 되나 되는 먹을 갈기도 어려운데
가없이 넓은 뜻을 펴기란 더 어렵다

뭇 용의 어지러운 수염과 같고
큰 종에서 울리는 소리와 같네
깊은 숲 맑은 강에 때맞춰 찾아와서
차 연기 엷게 푸른 첫봄이 개었어라
허허허 우습구나
이 경을 갈고 닦음이여 이 돌을 갈고 닦음이여
색과 색 공과 공이 돌지 않는 그 소식을
헛소리 그만하자 되놈 수염이 빨갛구나

有研有研石經研 新羅華嚴石經研

片石堪持海印力 雲珆寶網交光綫

石翠墨輪涵虹光 光光互作一音演

燈王高座曼殊冠 初地石上幢相見

香風吹拂五百間 不着天葩飛如霰

問是石經何自至 迺華嚴寺古壁間

明沙數曲潺江上 嵓嵓積翠頭流山

玉獅塔影長松下 拂拂紅袈上人還

覺皇殿角風幡動 當年石壁陡難攀

義熙金璧貞元函 雜華鬱勃珠欄環

金林甫與金一輩 揮毫應感天雨曼

北宮公主[illegible]十帙 芙蓉暎面垂鬟鬢

憲康先王開覺路 雲老願詞華而漫

賢俊闍梨誦玄文 仙音能警恠石頑

寶笈鐫成千仞巘 龍天呵護草木爛

中年海氛暗南紀 璧璐粉碎翻塵經

從見金剛雖努目　至人莞爾常安寧

噫能捉月流千江　仰見一道月分明

石生亦沉烟霞癖　鳳城歸路覓殘英

珍重于懷藏來篋　隨風北走漢濱淸

葦蒼居士據方丈　不嚬而笑也同情

盥手擎供袖手歸　何似投瓜企還瓊

梅花牕下揮玉斧　半面端硏黝然成

擬之難磨數升墨　須叩嬴容無際溟

想見群龍亂鬆鬐　似聽景鍾噌吰聲

道林淸江時相訪　茗烟淡翠春初晴

呵呵呵　硏何經哉經何石

色色空空不曾轉　休煩饒舌胡鬚赤

계속된 중향 흩은 글—긴 구절
續衆香草題辭 (長句)

내 일찍부터 오당悟堂 이 선생을 들었노라
학문은 염락을 숭상하고 시는 연명에 비기도다
집은 서쪽 호수 모과나무 숲에 있고
바람비 없는 곳에 고산孤山이 맑았세라
나막신 걸음으로 진리 찾아 산천을 두루 밟아
큰 문장에 기백이 호연하다
영재寧齋 매천梅泉 호산壺山과 함께
땀 흘려 서로 좇아 앞을 과연 모를레라
삼천리 고운 강토 바람결에 바라뵈고
중향성 홀로 우뚝 영동에 솟았구나
바라보매 화엄 보배 누각 나타난 것 같은데
나 같은 범부 어찌 감히 시를 읊을 것가
선생의 붓 자국은 자못 여기 여전한데
이렇듯 좋은 지경 또다시 만나다니
끊어진 뜬 메아리 그 가락 아직 높고
높이 뜬 검은 학은 솔가지를 도는구나

구슬 같은 글귀들을 외우며 돌아올 때
산빛 아름다움 천하의 절경일세
어떤 것이 부처님 서쪽에서 온 뜻인가
누각에 홀로 앉아 석양을 바라노라
구구히 여느 곳을 부디 찾지 마사이다
홀연히 종소리가 선경을 알리는구나
홀로 겨우 묘고당에 이르러
내 몸을 모두 잊고 초지에 올랐어라
어지러운 맘 편한 몸으로 어찌 부처를 바랄 것가
병석에 누운 유마 꿈에도 못 뵈니
하늘인지 사람인지 분간하기 어렵도다
빈산 달무리에 돌만 솟아 드러나고
혹시나 감산甘山 만나 추금秋琴 함께하면
서로서로 웃으면서 단풍 숲에 들어갈 때
가을달 봄바람의 한없는 깊은 뜻을
하찮은 이내 몸이 다시 어찌 읊을 것가

我聞悟堂李先生　學宗閩洛詩淵明

家在西湖木瓜林　風雨非獨孤山淸

步屧尋眞徧山川　大抵文章氣浩然

寧齋梅泉與壺山　汗流致逐不堪先

神洲五岳落下風　衆香城獨出瀛東

望之華嚴重閣現　凡骨何能逞詩工

先生橐筆頗從容　如此靈境再相逢

剪截浮響唱高調　礫礫玄鶴盤于松

瓊什千言爭誦歸　山暎一絶天下稀

如何是佛西來意　獨上危樓看落暉

不爲區區訪位置　忽聽梵鍾又仙幟

天然獨到竗高堂　渾忘色身登初地

心亂康樂佛豈成　病臥維摩夢難成

是天是人不分處　月曙山空石崢嶸

或逢甘山携秋琴　相笑沆寥入楓林

秋月春風無限意　石生安復解賡吟

같이 웅비정에 올라 압록강에 흘러내리면서

—삼수 신갈파에서 신의주까지 천팔백 리

同登雄飛艇流下鴨綠江雜絶（自三水新乫坡至新義州一千八百里）

압록강 길게 뻗쳐 굽이굽이 천 리 길을
어금니 어긋나듯 봉우리도 중중하다
사공은 삿갓 쓰고 남빛 옷을 입었는데
뿌리는 비 골바람이 쑥대를 흔드는구나

鴨綠長江千里曲　交牙鬪角峰重重
篙師卷笠衣藍綠　凄雨谷風吹小篷

뱃머리를 돌려놓으니 삼강의 어귀로다
산은 벌써 선천인데 흰 구름 잠겨졌네
숲 같은 기슭 벽은 옛 그림 방불하고
외양간 돼지우리 무늬처럼 보이는구나

刺舟回首三江口　山已先天鎖白雲
沿壁有村如古畫　牛宮豚圈質勝文

무산과 구당은 천하의 절경일세
이 가운데 삼수갑산 그보다 아름다워
벼랑의 붉은 벽은 구름 끝과 섞였는데
굽은 항구 긴 포구는 사창에 가렸어라

巫峽瞿塘天下絶　此中山水足淩過
斷崖赤壁交雲末　曲港長灣晻碧紗

돛 없는 외로운 배 살처럼 흐르는데
긴 바람 불어칠 때 푸른 물결 가을일세
누가 원숭이를 서천서만 운다 했나
들 말 서로서로 풀가에 우는구나

無帆單舸似箭流　長風獵獵碧波秋
啼猿誰道西川峽　胡馬相嘶靑草洲

강은 흐르고 날은 저무는데 고랑포가 가까워진다
산은 다시 아름답고 땅은 차츰 평평한데
양쪽 기슭 가까워서 말이라도 들릴 듯하고
숲에서 나온 개와 닭 석양을 등지네

江流日下漸高浪　山更淸佳地欲平
人語如相聞兩岸　出林雞犬背殘明

옛 옷을 다시 입고

復修初服

병인년 구월인데
서울 개운사에서 청이 왔다
가사를 다시 입고
처음부터 시작이라
대원암을 활짝 여니
느티나무 소나무가 서로 섞였네
스님들 힘을 모아
길을 넓힐 때
양춘백설가를 노래하지만
답하는 자 매우 적어라
북쪽 산에 달은 이미 졌는데
남쪽의 종소리는 들리지 않네
백련암 바윗길에
날은 차고 비 내릴 때
동화사에 까치 보이고
풍악산엔 바람 세어라

일찍 중국 절도 가 보았으나
대화할 만한 재목은 없었느니
참으로 어찌할거나
서산의 명을 돌이키기 어렵구나
쓸데없는 생각 늦게 가지고
스스로 꿈 못 깬 것을 웃노라
꿈은 비록 못 깼으나
이 꿈을 뉘와 같이 가져 볼까
뜰의 솔도 뿌리가 빠져
의지할 곳 없음을 노래하노라
부처님 영험이 있어
석벽에 그림자 드리우고
깊은 뉘우침 서로 엇갈려
옛 옷을 다시 입었네

* 편집자 주 ―「옛 옷을 다시 입고」 이하 3편의 시는 「석전시초」 '고희를 맞는 아침에 9편의 시로 삶을 술회하다稀朝自述九章' 중 7~9장이다.

丙寅授衣節　城東開運請

復着僧伽梨　重來初地境

拓開大圓房　松槐交掩暎

諸老不惜土　遂擴問津逕

有來歌白雪　愧非和者郢

北山月已黑　南岳鐘未省

白蓮靑岩路　寒日和雨暝

桐華見鴉集　楓岳但風勁

曾渡中洲寺　亦無揮麈柄

眞成喚奈何　難回崦嵫命

晩抱杞人憂　自笑夢未醒

雖云未醒夢　玆夢誰同病

庭松亦拔根　無托余懷詠

吾佛如有靈　應垂石壁影

深悔相道蹇　擬復脩錦綱

돌을 쓰는 부스러기 이야기

拂石譚藝

글씨는 일찍 벽하碧下에게 묻고
시는 고환古懽의 풍을 닮으라 했다
글과 도를 못 들은 바 아니나
크게 번창키는 정말 어려운 것일세
산과 물을 즐기는 버릇 있어
표표히 관동을 밟아 보다
한라산에 두 번 들어가고
금강 단풍에 다섯 번 취했구나
일차대전이 지나간 뒤
걸어서 백두산 올랐세라
나한 같은 돌 앞에 머리 숙이고
앉아서 하늘 끝 무지개를 바라보노라
압록강 굽이굽이 만 번이나 꺾였는데
몸 실은 조각배 허공에 나는 듯다
묘향산 세 폭포는 볼수록 기이하고
지리산 천왕봉은 웅장하기 그지없다

북으로 칠보대 올라서니

초호 맑은 물에 빗방울이 듣는구나

소주와 항주 땅을 서풍에 건너가니

남경 옛 궁전이 한눈에 뵈는구나

달이 뜨매 많은 말을 썼으나

부질없이 붓대만 헛놀렸네

반평생 산을 벗 삼을 때

육당六堂이 가장 좋더라

내를 건너니 도연명 육상산 놀던 곳

몇 번이나 그들은 이 산길 돌았을까

영호남 땅 많은 명사들

길이 멀어 만나지 못하고

늦게사 위당爲堂을 따라

좋은 말 많이 들었네

문 닫고 옛 글 읽는데

눈 뒤의 솔은 더욱 푸르다

산강山康 말을 듣다 보니

지혜 구멍이 터질 듯하고

옛 글에 젖어 들어도

소동파 구양수 따를 수 없어라

여산 사람에 겨누려 해도

산을 보아도 말이 다르다

낙양 기슭에 배를 머물 때

항주의 경치 아름다워라

돌을 쓸고 시를 읊으며

남으로 나는 기러기 눈으로 보네

書曾問碧下　詩淑古懽風

靡不聽文道　難和大嚼穠

素癖山水窟　瓢屐徧天東

再入瀛洲島　五醉東岳楓

雜隨軍馬後　步屧白頭窑

稽首石羅漢　坐看天池虹

鴨江折萬曲 扁舟似乘空

玅香三瀑奇 方丈天王雄

北陟七寶坮 椒湖雨濛濛

西風渡蘇杭 俯瞰金陵宮

月露記萬言 空勞筆枝功

半生名山朋 六堂最從容

過溪陶陸子 幾歸道山窮

湖嶠知名士 道遠莫會從

晚逐爲堂游 聽言多簡沖

掩關能古文 猶青雪後松

又聽山康語 自應慧竅通

沾沾喜及古 不多歐蘇工

譬彼廬山人 見山言不同

洛涯碇海槎 錢塘藏蕙峰

拂石賦韻語 目送南歸鴻

시끄러움을 떠나 고요함에 돌아오다

不市還靜

티끌세상을 떠나고

바람과 물결을 멀리하여

꿋꿋한 이론을 세우다 보니

그늘진 벼랑에 찬 기운도 가시는구나

내 가진 글을 돌아보매

넉넉지 못함이 부끄러워라

부모와 형제들은 모두 황천으로 가고

친구들도 새벽별처럼 드물기만 하다

나 혼자 어디로 갈 것인가

가슴을 더듬으며 빙빙 돌면서

승과 속의 글을 읊어 보노라

성인의 말씀은 속임이 없구나

가지 끝에는 나비가 향 안고 죽었는데

고향의 산과 물 가슴에 비치네

하늘나라를 기약할 수 없지만

도연명의 편안함을 찾기 쉬워라

주장자를 가을바람에 날릴 때

왕양명은 선문을 두드리네

다 같이 큰 도를 뚫지 못한 것

지극히 애석하고 한탄스럽네

만일에 서암자런들

맑게 깨달아 거짓 없을걸

두견의 울음소리 그친 다음

산만 뚜렷이 높아 있구나

피곤하면 달 난간에 눕고

배고프면 풀 열매 먹으리라

인간의 모든 일 부질없어라

근심과 기쁨이 본래 없는걸

和光紅塵海　逈碧出風䃨

有論亭亭立　可暖陰崖寒

窺吾私所賦　慚乏力量寬

天屬俱黃土　親知曉星闌

踽涼何所適　撫膺且盤桓

解唫僧亦俗　表聖語不謾

枝頭抱香死　所南照衷丹

帝鄉亦不期　靖節審易安

飛錫下天風　陽明叩禪關

俱未體大道　至人深惜嘆

何若瑞嵒子　惺惺不受謾

休休杜鵑口　安夫妙高山

困臥明月櫳　飢加伊蒲餐

空諸人間世　諒無憂與懽

영주 기행 갑자 칠월

瀛洲紀行 甲子七月

목항
木港

유월 푸른 산 부처 상투도 서늘한데
벌집 게 구멍 맑은 빛에 잠겼세라
창밖에 그물 널렸고 어부들은 조으는데
파도야 치든 말든 아랑곳없어라

六月*山碧佛髻涼 蜂房蟹屋在晴光
篷窗晒網漁仍睡 不畏風濤若個長

---

* 山名

명량

鳴梁

뱃길로 명량에 다다르니 물은 살같이 빠르구나

마을 사람들은 항상 충무공을 뇌이는데

왜군 십만이 고기밥이 되었다고

강가 계집아이들은 달밤 다락에서 노래 부른다

航到鳴梁似箭流 土人尙誦李忠侯

貔貅十萬化魚夜 江國女兒歌月樓

다도해

多島海

다도해 우뚝우뚝 해는 벌써 석양인데
구름 안개 한데 섞여 마치 꽃과 같구나
파돗빛 언덕 그림자 돛대 따라 구을고
몸과 세상 서늘하여 떨어진 안개 같아라

多島亭亭暎日斜 烟雲錯落似奇花
波光岸影隨帆轉 身世蒼凉等落霞

벽파진
碧波津

벽파 물기슭에 푸른 소라 둘렀는데
허생의 살던 집*이 바로 저기 뒷산일세
영롱한 그림에는 수묵이 살아 있고
찬 까마귀 먼 나무들 서로 섞여 얽혔네

碧波汀外碧螺環 指是許生家後山
圖畫玲瓏水墨活 寒鴉遠樹差池還

* 허소치의 집이 진도에 있다. 許小痴家在珍島

소안도

小安島

잔잔한 바닷바람도 고요하여 섬은 한결 평온하고

어스름한 먼 하늘에 외로운 돛 차갑구나

동남의 오랑캐 나라 끝없이 아득하고

용궁의 깊은 밤을 기록하기 어려워라

海穩風微島小安 滄溟自此孤帆寒

東甌南越青無際 不記龍宮夜已闌

제주 바다

濟州洋

좁쌀처럼 작은 섬이 만 리에 떠 잠길 때

완연히 신선 되어 봉래 영주 건너가네

서울을 바라 별을 봄은 내 일이 아니지만

중주의 한 꿈결은 아직도 깨지 않았네

等粟浮沉萬里汀 渾然羽化涉蓬瀛

望京瞻斗非吾事 一夢中洲故未惺

산지포에 처음 올라

初登山池浦

은하 흐르는 끝에 작은 성이 멀고

하늘 바람에 구름 흩어 개었네

처음 올랐으나 전날 많이 들었는데

옛 성터 희미한 곳 탱자 가지 얽혔다

星漢涵流藐一城　天風猶喜拂雲晴

初登却想曾聞境　古堞依稀枳子成

삼성사를 방문하다

訪三姓祠

세 구멍이 뚫린 자리 푸른 풀만 우거지고

열대 식물 소나무가 침침하게 무성하다

순박한 촌백성들 갓 망건 정제하고

미친 듯 가슴 풀고 웃는데 그늘지네

三竇谽谺綠草深 榕樟松櫕鬱沉沉

從看樸俗峩冠子 狂笑開襟滿地陰

비 내리는 성안에 머물면서

滯雨城中

비 내리는 아침 어두운 성안에서

한라산 개이기를 목마르게 기다리네

예쁜 해녀 치마 걷고 벼랑에 몸 날릴 때

더벅머리 채찍 들고 말에 오른다

작은 배 바람 피해 갈대숲으로 오고

붉은 깃발 신호가 가볍기만 하구나

외론 섬 머무는 것 하도 괴로워

무지개다리에 자주 올라 더디 개는 것 걱정하네

海雨崇朝黯孤城　皺眉渴憶拏山明

紫姬裳卷投崖曲　髻竪鞭揚上馬橫

小艇避風來葦密　赤旗傳信揭飄輕

滯留孤島還煩惱　頻陟虹橋遲晩晴

귤림서원 터에서

橘林書院遺墟

숲속 치자 귤 동산에 향기 가득하여라

옛사람 생각함에 비는 서늘히 내리는데

어찌 그 영향을 세상에 자주 왔다 할 것이며

도학과 그 문장을 쉽게 볼 수 있단 말가

葳蕤梔橘滿園香　想見古人靈雨凉

難謂寧響多世出　豈惟道學與文章

멀리 이성봉을 쳐다보면서

遥瞻二聖峰有感

모악이 엄연하고 마이가 뾰족한데

사람들의 말로는 두 성인의 열반하신 숲이라 하네

거꾸러진 경치가 실 끝처럼 달린 것 돌리기 어렵고

팔을 펴매 정에서 나온 맘 간 곳 없어라

母岳儼然馬耳尖　人言二聖涅槃林

難廻倒景懸如綫　伸臂能無出定心

관음사에서 자면서
信宿觀音寺

새로 지은 관음사는
달 밝고 바닷소리 들리는 곳
대 홈에 흐르는 물 차갑게 새고
우거진 나무 그늘 드물게 성글어라
차 끓이며 귤에 듣는 빗소리 들으니
말 우는 소리 옆에 불경을 보는구나
봉로*가 여기 어찌 왔느냐
신령스런 도량에 고운 바람 불어온다

新構觀音寺　奐輪海曲墟
筧泉寒淅瀝　行樹蔭扶疎
茶熟聽柑雨　馬鳴看佛書
蓬廬何自至　靈境美風噓

---

* 비구니 이름. 尼號

구항평에서

狗項坪

대와 풀이 한데 섞여 누운 암소도 푸르르고

등성이 올라 올라 옷깃 속이 시원하다

먼 저 산을 뛸 것 같고 구름이 옆구리에 날 것 같은데

휘파람 소리가 골짝마다 아득히 퍼지네

篁卉交蔓臥牸靑　登登隴首衿逾惺

可超彼岸雲生腋　一嘯聲傳萬壑冥

노루목에서

獐口峽

백록담 신령스런 골 갈라지는 그곳
겹겹 산봉우리 하늘처럼 높구나
학은 허공에 날고 빈 소리 울리는데
푸른 칡 급한 산골 맑은 샘물 새는구나

鹿潭靈谷分岐處　疊嶂依然枳怛天
笙鶴如飛空籟應　蒼藤急峽瀉香泉

한라산 백록담에서 매천의 구절을 가지고 세 구절을 읊음

漢拏山白鹿潭用梅泉句足成三絶

백록 신선들의 수명이 빛나는 기슭
신선은 백록을 타고 어느 하늘로 가셨는고
아득한 사방에 구름 일고 거센 바람 치는데
영주에 묵은 인연 작은 것이 부끄럽소

白鹿仙人壽曜邊　仙騎白鹿向何天
四溟雲合眐風作　慚愧瀛洲少夙緣

백록 신선들의 수명이 빛나는 기슭
바다 산이 구별 없이 천연스레 웃고 있네
조물주도 두려워하는 맑은 못 그림자
짐짓 물귀신 보매 연기로 녹이네

白鹿仙人壽曜邊　難分海岳笑天然
巨靈怕蕩淸潭影　故遣馮夷鎖以烟

백록 신선들의 수명이 빛나는 기슭
은하 기운 밤에 가을 하늘 멀었세라
뭇 산봉우리 물결처럼 파도 따라 사라질 때
홀로 벗어진 산 하늘 밖에 이었구나

白鹿仙人壽曜邊　似傾銀漢逗秋天
羣岑浪湧隨波沒　獨與白頭天外連

상수리나무 숲을 지나면서

櫟林行

신령스런 집[靈室奇巖]에서 오백 신선을 찾으려다가
그릇 상수리 숲에 떨어져 풍진 속을 달리누나
얽혀진 나무 하늘에 닿을 듯 땅에 가득 무성하고
거센 바람 살과 같이 비는 퍼붓는 듯 쏟아진다
들어갈수록 점점 험해 서로서로 잃었는데
고해를 바라봄에 나루를 물을 곳 없어라
냇물 끊어진 들판 푸른 소를 보매
마치 채찍을 들고 소 찾는 사람 같아라
소에게 묻노라 주인이 깨었는가 아닌가
소는 끄덕이지 않고 멍하니 말이 없네
앞에 부르고 뒤에 우물거려도 소리는 목쉰 것 같고
빈 골짝 사방에 대답 없어라
일곱 근 삼베 적삼 비에 함빡 젖었는데
범부 몸 받아 난 것 다시 한이 되는구나
비 그친 남은 햇빛 바다에 비칠 적에
상쾌한 배 돛 볼 때 눈썹 차츰 펴지누나

웅장한 산속에도 범과 곰은 못 들었고

노루와 사슴들이 골짝에서 졸고 있네

관세음보살의 감응을 입어

한길로 해탈에 들어갈 것 같도다

떨리는 정신으로 서로 동경하면서

갈수록 숲 사이 길은 넓어지고 가만히 봄기운 솟아나는구나

남은 용기 떨쳐 내어 바로 한참 가다 보니

숲 다하자 한 웃음에 맑은 냇물 새로워라

시원한 바람결은 선경이 분명한데

나로 하여금 괴롬받아 참된 땅을 찾게 했네

생각 밖의 그곳에 나기 정말 어렵구나

인간세계 어디인들 상수리 숲이 아니겠는가

欲訪靈室五百仙　誤墮櫟林走風塵

亂樾參天棘滿地　風勁如矢雨注輪

漸入崎嶇互相失　悵望苦海問無津

絶澗荒原見靑牛　恰似杖策尋牛人

問牛主公惺惺否　牛不點頭入渾淪

前唱后喁聲欲嗄　空谷無復應四隣

七斤布衫堪重濕　轉覺吾患爲有身

雨止殘光照溟渤　舟楫飄然眉漸伸

難聞虎熊哮崱屴　但看獐鹿眼嶙峋

觀音大士如相感　一路解脫捷於神

抖擻精神相憧憬　林間去澗暗生春

奮揮餘勇驀直去　出林一笑淸溪新

須知御風神仙境　錯敎苦受喚淸眞

又知難生非想外　何處人間非櫟薪

서귀포

西歸浦

한라산 남쪽 기슭 서쪽 하늘 벌어진 곳
섬들은 별과 같이 점점이 흩어졌네
굽은 포구 푸른 산 속되지 않아
석양에 게으름 잊고 푸른 연기 헤치네

漢山南截又西天　列嶼如星却爽然
曲浦蒼丘頗不俗　夕陽忘勸披青烟

새벽에 천지연을 보다

曉看天池淵

새벽 솟는 해가 천지에 목욕할 때

끊어진 무지개가 다시 이어지는구나

부는 바람결에 여울물이 급하고

서쪽 봉 푸른 연기 활짝 걷히네

曉日天池浴　虹霓斷復連

光風吹瀨急　蕩破西峰烟

밤에 애월항에 떠서

夜泛愛月港

애월 물가 저쪽 한밤중이 밝았는데
달도 지기 전에 별은 어이 기우는고
거울 같은 가을 바다 비단처럼 푸르르고
자라가 이고 있는 것 같은 영산 점점이 푸르러라
기이한 한평생을 누가 먼저 말하랴
멀리 여기 와서 같은 정을 느낄러라
뱃노래 여기저기 한복판에 떠갈 적에
심란한 이 마음에 빛과 소리뿐이로다

愛月汀洲半夜明　氷輪未落星河傾
鏡涵秋海漪漪綠　鰲戴靈山點點靑
奇絕平生孰先道　遠遊從此少同情
舵歌互發中流泛　一道懵懵色與聲

영주에서 나와 대흥사에 이르러 문밖 작은 못에 연꽃이 한창 피는 것을 보고

出瀛至大興寺門外小池蓮花盛開

문에 다다르니 이상한 향 내음 풍긴다

필시 이것은 연꽃이 한창 피고저 하는 것이로다

맑고도 참된 묘한 법을 통하기란 진정 어려워라

바로 보매 고운 그 모양 티끌 먼지 끊어졌구나

臨門遂怪暗香來　早是紅蕖恰欲開

難道淸眞通玅法　卽看丰采絶塵埃

쌍옥교에서 더위를 식히다

雙玉橋納涼

달 따라 쌍옥에 걸어앉으니

맑은 냇물이 눈처럼 날리는구나

새 가을을 홀로 맞기 어려워

이 심정 말하고 싶으나 내 마음 아는 자 과연 드무네

隨月跨雙玉　淸川似雪飛

新涼難獨餉　欲道會心稀

만일암에서 옛일을 생각하며

挽日庵懷古

가섭의 연꽃 섞여 푸르른 곳 옛 절이 달려 있고

바다 햇빛 창창한데 만 리에 하늘일세

다산의 남은 향기 백 년에 역력하고

관사의 석탑에는 육조의 연기일세

거꾸러진 나무 비바람에 학도 집 짓기 어려운데

오랜 돌 아득하여 신선도 볼 수 없네

소매 털고 차 마시며 묵연히 앉았는데

새 가을 엷은 꿈이 더구나 쓸쓸해라

迦蓮森翠古庵懸　瀛日蒼蒼萬里天

洌叟香殘百年墨　觀師塔纈六朝烟

木顚風雨難棲鶴　石老滄桑不見仙

袖拂山茶惆悵久　新秋歸夢且蕭然

거듭 풍악에 놀던 기행 구월 오일

重游楓岳紀行 九月五日

육당과 같이 삼방 기슭에서

同崔六堂三防峽述懷

비 지나고 바람 일어 단풍잎 듣는 시내
흩은 지팡이로 철교 서쪽에 의지했네
약포에 이은 연기 새 정자에 가물거리고
사당마다 잎이 날려 까마귀 소리 저물어라
자산을 노래하다 쓸쓸함을 위로하고
수도를 읊다 보니 작은 절이 넉넉해라
돌 위에 홀로 앉아 지난 꿈을 찾다 보니
얼굴에 듣는 국화 어지러이 날리네

雨過風尖楓落溪　放笻徙倚鐵橋西
藥浦纈烟新榭暗　藜祠翻葉暮鴉啼
哀賦子山慰蕭瑟　苦吟瘦島款招提
夷猶石上尋前夢　吹面黄華亂不齊

삼방여관에서 첫서리의 느낌

三防館初霜有吟

밤은 깊고 촛불 희미한데 담요도 차가워라

쓸쓸한 가을 꿈을 이루기도 어렵구나

뜰 앞에 바삭바삭 우는 단풍잎

모마다 반짝반짝 난간을 두르네

後夜燭殘氈逾寒　蕭疎秋夢轉成難

堦前軋軋鳴黃葉　稜角晶晶徧玉欄

늦게 장안사에 다다라

晩抵長安寺

종과 북이 고요한데 냇물만 울어 옌다

전나무 잣나무 그늘 흩어지고 달은 산봉우리에 기울어진다

업경대 희미한데 산 그림자 움직이고

쓸쓸한 숲길에 이슬이 밝았세라

싸늘한 돌 기운에 매미는 허물 벗고

밝은 등불들은 성처럼 둘렀구나

이제사 늦게 와 떨어진 단풍을 한탄하며

안개를 마셔 가며 어찌 남은 생을 의탁할까

鍾沉皷寂萬川鳴　檜柏散陰峰月傾

業鏡依依山影動　神林肅肅露華明

蒼涼石氣催蟬蛻　圜匝幢燈忽化城

遲暮今來嘆黃落　餐霞安得寄餘生

영원암 단풍을 감상하면서

靈源庵賞楓

옥초대 위에 묵은 구름이 열리니
솟는 해돋이에 시왕이 오고
나무숲 붉고 푸르고 누르러라
구름은 비단같이 옥인 양 찬란하고
바람 움직이매 뒤집힌 바다 같네
보배 연꽃 화장세계 향수해 이루었고
보배 일산 보배 깃대 보배 누각이로세
온 산이 보배 장막 구슬 같은데
산봉우리 우뚝우뚝 물에 핀 연꽃일세
세존봉 백마봉이 해를 가리고
돌벽 산호처럼 나무도 빛나는구나
섞여진 빛과 빛이 타는 듯 붉은 속을
호치와 용면과 오도자라도
감히 붓을 댈 수 없고 그저 입만 딱 벌릴걸
푸른 깃 흰 새들이 아래위에 우는 소리
하늘이 울릴 때에 불법승을 노래한다

푸른 허공 골바람이 사방에 모여들고
경치에 취한 손이 길을 잃고 헤매는구나
찬란한 눈빛 서로 섞여 안팎 없고
한번 앉는다면 묘한 법을 통할 것 같네
이생에 이런 경치 또 만나기 어려운데
더구나 중양절에 무어라 말을 할까
미친 듯 웃다 울다 그치기도 하다 보니
그대들은 부디부디 단풍 경치 저버리지 마소서

沃焦坮上宿雲開　紅暾照曜十王來

丹碧紺黃萬樹林　蒸舖雲錦璀璨哉

風動雲錦翻成海　寶蓮花藏間香河

寶蓋寶幢寶樓坮　漫山寶帳是紫羅

出水芙蓉列岡巒　世尊遮日及白馬

璧璐珊瑚及木難　交光映帶皆含火

虎痴龍眠吳道子　不敢落筆口呿呿

翠羽白禽鳴上下　天籟非藉僧法佛

空翠洞嵐四圍合　迷路鏡中難可出

眼光映徹無內外　一坐如得圓通術

此生未易遇靈境　又値重陽能幾何

狂笑痛哭且休休　請君無負楓景佳

수렴동에서

水簾洞口拈

엉킨 푸르름이 구슬처럼 한데 이어 수렴을 짜냈으니
물안개 흩인 곳에 실비가 부슬부슬
한가한 구름 걷히자 나무 끝이 일렁이니
어여쁜 낙수의 신이 달을 떠받치고 있는 듯

凝翠漣瓊織水簾　浪花散落雨絲纖
閑雲纔捲林稍動　婉若洛神擎玉蟾

마하연 달밤에

摩訶衍月夜漫吟

뜰에는 달이 뜨고 국화꽃 피었는데

이렇게 좋은 때에 격조 높은 절이라니

옛 골 도는 바람 고래 울음 같고

향성에 투명한 빛 첫눈이 지나간다

쓴술이나마 한잔 얻어 활짝 웃어 보았으면

단풍잎 밝은 창에 비치는 것 보노라니

닥쳐오는 흰머리에 무엇을 믿을 것가

법기봉은 항상 푸르고 늦은 안개 걸렸어라

明月中庭菊有華　佳辰况復上乘家

古洞風廻鯨乍吼　香城光透雪初過

難得薄醪開口笑　只看黃葉映窗斜

揭來皓首終何賴　法起峰靑帶晩霞

안문령을 지나면서

過鴈門嶺有感

회양 군수 강원 지사

높은 이름 돌 숲에 벌였으니

지난 세월 많은 풍진 쓸쓸도 하고

서쪽 바람 주장자 하나 깊은 구름 속 달리네

淮陽太守蓬萊伯　亭堠重重排石林

回顧前塵風瑟瑟　西風一錫趁雲深

석양에 칠보대를 지나면서

落日過七寶坮

해는 떨어지고 산절은 멀어라

침통한 마음으로 나막신 멈추고 멀리 산마루 바라보매

온통 천지가 연꽃이 발에 비치는 것 같고

비파 소리 들리는 것 같으나 사람은 보이지 않네

落日亭亭山寺遠　沉吟停屐望嶙峋

渾如簾映芙蓉面　聲出琵琶不見人

학령을 저물게 돌아오면서

鶴嶺暮歸

깎은 듯 천 길 벼랑 해는 벌써 저무는데

사람이 원숭이 아니지만 가지 위로 가야 하네

돌아올 길 어두워 몹시 걱정하였더니

등불 잡은 중 하나 앞을 밝혀 주누나

懸崖千仞日將夕　人匪猨猴枝上行

歸路黯然甚惆悵　燈生古渡一僧明

송림사에서 자며

宿松林寺

소나무 전나무 짙게 얽혀 돌문까지 덮었는데

산봉우리 달은 숨고 엷은 구름 일어난다

구렁마다 서리 내려 온 천하가 흰빛인데

나무에는 가을 소리 자연으로 무늬로세

가만히 웃으며 앉아 시도 잊고 부처도 잊고

거듭 목마르게 빗속 그대를 생각노라

도를 알고 신심 굳어 누구를 위한 것가

돌샘 느티나무 불 내 마음을 잡네

松檜森嚴覆石門　中峰月隱淡生雲

萬壑浸霜天下白　秋聲在樹自然文

微笑坐忘詩觀佛　重來渴憶雨中君

圓通信宿爲誰爾　槐火石泉徵我聞

발우 못

鉢淵

향대에서 공양 마치고

발우 던진 곳 푸른 못이 되었구나

맑고 맑아 구슬처럼 흐르는 물

왜 이렇게도 용화 하늘이 더디단 말가

香坮供養已　擲鉢化爲淵

澄澄碧玉水　也遲龍華天

옥류동에서

玉流洞

구슬비 산호 같고 바람도 옥 소리를

맑은 꿈에 돌다 보니 하늘에 들어간 듯

천녀 한 번 꽃 뿌린 다음

영그러운 이곳이 그대로 오백 년을

珠雨闌珊風珮響　徘徊淸夢入先天

一從天女散華後　靈境悄然五百秊

신계사에서 자면서

宿神溪寺

신 자국 처음으로 냇물 위 절을 밟았는데

쓸쓸한 나뭇잎은 빈 뜰에 가득해라

귀뚜리 사방에 울고 별과 달이 맑은 밤에

멀리 구양수의 가을 노래 생각나네

鞋印初平溪上寺　蕭蕭木葉滿空庭

蟲生四壁月星潔　遙憶歐陽秋賦情

만물초

萬物草

돌 형세 높고 가팔라 괴이한 형상 만들어졌네

눈 헤치고 솟는 모양 하도 묘해 이름하기 어렵고

눈을 닦고 다시 보아도 진정 범상한 것 아닌데

거센 바람 한 번 불 때 골짝마다 울리네

石勢崢嶸鑄怪象　雪披浪湧妙難名

眼華揩淨非同物　一嘯罡風萬壑鳴

해금강

海金剛

단풍 구름 구경하고 가을 벌써 저무는데

가벼운 차에 올라 바다 보려 또 나섰다

뒤집히는 파도 쌓인 돌 우주가 흔들리고

가는 바람 배를 끄을 때 시방이 마주 대이는 것 같다

창망한 푸른 바다 갈매기는 쌍으로 나는데

무늬진 벽 푸른 산마루 귀신도 놀라는구나

지난날 밟은 자국 되돌아볼 때

많은 산 푸르르고 구름같이 둥둥 떴네

楓雲踏盡已殘秋　又搭輕車海上流

波翻疊石搖三界　風引芳舟拱十洲

桑溟淺碧鷗雙狎　篆壁蒼稜鬼欲愁

往日行程廻首望　靈山森翠共雲浮

내장산의 네 절승

內藏山四勝

불출봉의 구름

佛出香雲

불출봉 해 저무는데 벼랑에는 성긴 가지
향기로운 구름자락 허공에 무늬 놓고
나그네 재껴 서서 망연히 바라는데
숲속 경쇠 소리 시내 따라 흐른다

佛含殘日壁枝疎　裊娜香雲澹寫虛
遊子翹瞻眉聳碧　要聞鍾磬出溪徐

얽힌 솔가지 돌에 스치고 암자는 가렸는데
금빛 단청은 쪽빛에 섞였어라
한잔 술 흥에 겨워 돌아갈 길 잊었는데
산새들 지저귀며 집 찾기 바쁘구나

拂石縈松復罩庵　檀金萃色撒成藍
興酣忘記家鄉路　有鳥催歸送語喃

서쪽 봉우리 삼나무 소나무

西峰杉松

돌 쌓인 서쪽 산이 날아든 듯 우뚝하여
마치 향성이 솟아오른 것 같구나
먹 뿌린 듯 삼나무 소나무 섞여 푸르러
그림 한 폭 구름 속 펼쳐진 듯하여라

西峰疊石忽飛來　恰似香城百堞嵬
錯翠杉松潑其墨　怪夫活畫披雲開

서역서 오신 스님 씨 뿌린 지 몇 해던고
짙고 푸른 그늘 추녀 끝을 덮었구나
봉우리 비친 달빛 파도처럼 움직일 때
층층 돌벼랑은 늙은 용이 자는 듯다

胡僧手種幾多年　落落淸陰覆屋緣
峰月舒波來屈曲　依依層壁老龍眠

벽련의 늦은 단풍

碧蓮晩楓

단풍과 구름이 겹겹으로 섞인 사이

벽련암 맑은 도량 산중의 제일일세

벗 불러 술 뚜껑 열 때 그 정이 얼마일까

이 좋은 이 경치를 마음대로 어찌할까

一坐楓雲萬疊間　碧蓮庵據最中山

呼朋挈榼誼多少　靈境難爲自在閒

가을 재 가파른 길

秋嶺懸徑

산에 가득 비바람에 가을 소리 일어나고

길 하나 하늘에 닿은 듯 굽이굽이 밝았구나

나그네들 차를 타고 험한 줄을 모르면서

등한히 연꽃성에 들어옴을 자랑하네

滿山風雨起秋聲　一路通天曲曲明

行旅乘輪不知險　等閒詩入芙蓉城

미당 서정주 전집 20

1판 1쇄 발행 2017년 8월 22일
1판 2쇄 발행 2024년 1월 24일

지은이 · 서정주
간행위원 · 이남호 이경철 윤재웅 전옥란 최현식
펴낸이 · 주연선

책임 편집 · 심하은
자료 조사 · 노홍주
표지 디자인 · 민진기 본문 디자인 · 권예진

(주)은행나무
04035 서울특별시 마포구 양화로11길 54
전화 · 02)3143-0651~3 | 팩스 · 02)3143-0654
신고번호 · 제 1997-000168호(1997. 12. 12)
www.ehbook.co.kr
ehbook@ehbook.co.kr

ISBN 978-89-5660-752-8 04810
978-89-5660-885-3 (전집 세트)
978-89-5660-529-6 (소설 · 희곡 · 전기 · 번역 세트)